ANDRÉS

LA HISTORIA

ARQUIMIDES DIAZ

1 ANDRÉS. LA HISTORIA

Las virtudes son para exhibirlas, mostrarlas y regodearse en ellas. La sociedad, te acepta, te adula y caminas por el medio de la calle, recibiendo beneplácitos y aplausos. Los vicios por el contrario son privados, se ocultan, se esconden, se disfrazan y solo les podemos dar vida, en ese pequeño círculo, habitado por los que los franceses denominan "connaisseurs", los conocedores. ¿Los conocedores de qué? La respuesta es sencilla. Los conocedores de nuestras inclinaciones, debilidades, imperfecciones. De todo aquello que, de llegar a hacerse público, te condenaría.

A ndrés descu-
brió comen-

zando la adolescencia que atraía las miradas de las mujeres y también de algunos hombres. Claro, la inocencia de un chico tranquilo, ocupado en trabajar para lograr ayudar en el sustento de una familia, donde de la noche a la mañana le tocó ocupar un puesto que no le correspondía, no le permitía avizorar, lo que le deparaba el destino. Su familia era típica y normal, hasta que el padre perdió su trabajo, cayó en una fase depresiva de la cual no pudo recuperarse, y él, tuvo que dejar los estudios y salir a trabajar. Para esa época, era un chico delgado, mirada seria y un aura de misterio, alimentada por su inclinación más dada a escuchar las ideas de otros, que ha expresar las suyas. Prefería oír que hablar. La inclinación al silencio, le permitirá aprender a leer entre líneas, a leer lo que no se escribía, a oír lo que no se decía. Esta era su verdadera arma. La utilizaba al diseñar las estrategias y al poner en práctica sus tácticas. Algo siempre llamaba la atención de las personas que lo observaban y sobre todo de aquellas donde la lujuria reina. Era el pronunciado bulto que se marcaba entre sus piernas y le daba un aspecto tan viril como deseable. De haberse conocido, fácilmente le serviría como modelo a Touko Valio, para uno de sus cómics. En un principio llamar la atención de esa forma le daba vergüenza y trataba de pasar desapercibido. Con el tiempo comenzó a aceptarlo, luego a sentirse cómodo, para llegar a estar verdaderamente orgulloso. También comenzó a sentirse cómodo con su cuerpo. Dos años en el fuerte trabajo del puerto ayudando a descargar la mercancía de los barcos, desarrolló sus músculos. Ya dejaba de ser el cuerpo de un niño para convertirse en el de un hombre, no ejercitado en los gimnasios, sino en la faena diaria. Un amplio pecho, brazos fuertes, espalda ancha, lo distinguían del común. Su atractivo no radicaba en una belleza clásica, estaba alejado de ella. Era de rasgos toscos, cuerpo desarrollado y voz gruesa, quizás eso y su inclinación al silencio, a la timidez, lo convertía en una presa deseable. El problema de ser la presa, es que siempre estás siendo cazado.

El despertar a la sexualidad, más que a la sensualidad, le ocurrió a Andrés de la forma que él no esperaba. En las noches de rrió a Andrés de la forma que él no esperaba. En las noches de insomnio se imaginaba escapando con alguna chica a la orilla de una playa o escondido en cualquiera de los claros del bosque que rodeaban su casa, incrustada en la montaña. No fue así. Fue de otra forma. Su jefe Harold, un belga de unos cincuenta años, contextura fuerte, con casi dos metros de altura y piel bronceada por el sol del Caribe, ya desde hacía tiempo lo venía observando y tenía sus planes. Una tarde le dijo que debía quedarse para mudar la carga del puerto al depósito en el patio trasero de su casa. Al terminar ya había caído la noche. Andrés cansado y sudado, fue atendido por Anet, la esposa de Harold.

— No debes irte así. puedes ducharte, después te serviré algo de comer y podrás regresar a casa. - Dijo Anet, indicándole el baño.

Andrés se duchó y cuando se disponía a vestirse, ella entró con un ligero camisón, que dejó caer al suelo, quedando completamente desnuda frente a él. Más que sorpresa, sintió un miedo que le recorría todo el cuerpo.

— ¿Qué hace? Su esposo puede entrar en cualquier momento.

— No tendremos problemas con mi esposo. - Le respondió, inmediatamente lo rodeó con sus brazos y comenzó a besarlo.

Él trató de separarla, cuando oyó la puerta que se abría. Era Harold. Andrés se sintió descubierto, era una situación que él no había provocado, pero como podía explicarlo. Un hombre en celo podría darle con toda razón un disparo certero y matarlo. Harold los veía a ambos. Su imponente contextura obstruía toda la salida. Escapar no era una opción.

— ¿Qué sucede aquí? - Preguntó.

— Creo que es un chico muy tímido- Contestó Anet.

— Es una mujer hermosa, no debes desaprovechar este regalo de la vida. De seguro aprenderás mucho de ella. - Harold hablaba sin separarse de la puerta. - Puedes disfrutar de ella, pero con una condición, debes dejar que yo los vea.

Andrés estaba confundido. Anet, lo llevó hasta la cama y lo

acostó. Ella se colocó sobre él, y él se dejó. Ella lo besaba tiernamente, como una leve brisa, una brisa que provocaría una tormenta. El instinto comenzó a despertarlo, su miembro ya erguido, fue tomado por la mujer. Ella se percató de su grosor, sabía que lo disfrutaría, lo introdujo en ella. Comenzó a moverse con movimiento acompasado. Andrés cerró los ojos y se vio como una barca que constantemente es golpeada por las olas. De pronto sintió un fuerte manotazo en su mejilla. Abrió los ojos justo en el momento en que la mujer se disponía a darle otra sonora bofetada. Él se lo impidió sujetando su muñeca, dio un giro y la colocó de espalda a la cama. Se abalanzó sobre ella y la penetró, con rabia, con furia. En un principio la mujer lo disfrutaba. Él seguía embistiéndola con saña, con una mano sujetaba su muñeca, con la otra mano su cuello. Ella trataba de liberarse, su respiración se le dificultaba. Seguía luchando por separarse, resultó infructuoso, en el forcejeo llegó al orgasmo, sus senos se erizaron y su cuerpo no dejaba de temblar. Para Andrés el encuentro apenas comenzaba. Seguía penetrándola con la misma furia. Ella pedía que parara, él la oía, pero no la obedecía.

— Para, me duele. - Dijo Anet.

Andrés acercó su boca al oído de ella y le dijo. - Si esto es lo que buscabas, ahora aguanta. Y no vuelvas a golpear a un hombre. - Agregó.

Estas palabras dichas al oído, provocó en la mujer un nuevo orgasmo. Inmediatamente sintió que Andrés estallaba dentro de ella, bombeándola, una, dos, tres, cuatro veces. Al separarse, el líquido blanco, espeso y viscoso, salía de un sexo adolorido que no podía contenerlo y corría entre los muslos temblorosos de la mujer. Harold veía toda la escena desde el umbral de la puerta. Andrés, se había olvidado de él. Solo cuando recogió sus ropas se percató de su presencia. Se dirigió al baño, volvió a ducharse y se vistió. Al salir el hombre besaba todo el cuerpo de su esposa. Al verlo ya vestido, lo acompañó hasta la puerta y le pagó dos veces lo que había ganado por su trabajo. Andrés contó el dinero, tomó la mitad y dejó el resto sobre la mesa. Cerró la puerta y se marchó.

Al día siguiente regresó al trabajo. Tanto Harold como Anet lo trataban como a un desconocido.

— Mañana tendrás que trabajar horas extras de nuevo. Le dijo Harold a Andrés, sin levantar la vista de los documentos que revisaba, cuando él se marchaba al terminar su jornada.

2 ANDRÉS. LA HISTORIA.

A ndrés no concilió el sueño. A media noche se levantó de la cama, corrió la cortina como quien levanta un velo en busca de respuestas, miró a través de la ventana un cielo abandonado por la luna, una noche completamente oscura, solo divisó en la lejanía del horizonte dos luces brillantes titilando. No eran estrellas, pertenecían a un barco que navegaba en un mar que podía estar quieto o enfurecido. Desde donde él estaba, no podía distinguirlo. Lo mismo pasaba con su vida. Entraba a un mar desconocido. Un mar del cual no sabía nada. Lo peor de todo, es que se sumergía completamente desnudo y sin defensas.

Al día siguiente, llegó igual a otros días a su trabajo. Un barco atracó en la noche, quizás el mismo que ayer se veía tan lejano. La mercancía tenía que ser descargada antes de las dos de la tarde. Los conteiner se movieron al extremo derecho de la aduana y ahí fueron estacionados en fila. Harold ordenó a los obreros, contar los sacos de especies del depósito tres. Una vez terminado, los hombres abandonaron el galpón y se marcharon a sus hogares. Andrés caminó en silencio hasta el patio trasero de la casa del belga, se sentó en la acera y esperó. Un cielo azul se teñía de anaranjado, luego de negro. Hubiese pasado toda la noche esperando, si no es por Anet, que por casualidad salió a la calle.

— ¿Qué haces ahí? - Preguntó la mujer sorprendida.

— Su esposo me ha pedido que venga hoy.

— Pensábamos que no vendrías. ¿Cuánto tiempo llevas ahí?

— Desde que salí del trabajo. - Respondió Andrés sin verla a la cara.

— Eso fue hace tres horas. Has debido tocar el timbre. Realmente eres muy tímido. Pasa. ¿Debes estar hambriento?

Ambos entraron a la casa.

— Te serviré algo de comer.

— Realmente no tengo hambre. - Respondió Andrés.

— Le avisaré a Harold que has llegado, como te dije, pensábamos que ya no vendrías.

La mujer subió las escaleras y regresó con su esposo.

— Pensé que te habíamos tratado mal el otro día y por eso no vendrías hoy. ¿Cómo estás, muchacho? Dijo Harold mientras descendía las escaleras y se encontraba frente a frente con su empleado.

— Mi nombre es Andrés, no muchacho. Le pido que de ahora en adelante me llame por Andrés.

— Así será. - Respondió Harold, guardando para sí, una sonrisa de aprobación por la respuesta oída.

— ¿Puedo ducharme?

— Sí. - Respondió Anet.

Andrés se dirigió al baño, tomó una ducha corta y salió completamente desnudo al cuarto. Harold y Anet se quedaron en silencio viendo su cuerpo. Para ella era una visión nueva. El encuentro anterior, no le permitió observarlo, todo resultó tan rápido que solo pudo sentirlo. Ahora lo detallaba, le recordaba una de las tantas esculturas griegas que adornan los museos de Europa y que se habían salvado de la castración ordenada por el Papa Pio IX. Notó que las dimensiones de su sexo aún flácido, mantenían una longitud y grosor destacable. Lo que más le impresionó, era la diferencia en el color de su piel, de un moreno claro en su cuerpo, con el de su pene, bastante más oscuro. Como si perteneciera a otra persona. ¿Quizás alguno de sus antepasados fue un esclavo africano? Pensó ella. Luego se avergonzó de tener esa idea.

Mientras Anet se desnudaba, Harold se dirigió a Andrés.

— Hoy quiero que me hagas un favor. Azótala mientras estés con ella.

— Yo no golpeo mujeres. - Respondió Andrés.

— No la golpearás de forma tal que le causes daño, lo harás de forma que le de placer.

— No sé hacer eso. - Andrés no entendía la solicitud del hombre.

— Si sabes hacerlo. Te he visto cómo la trataste la vez anterior y solo te pido que seas igual, pero esta vez sé tú el que la agrede.

Andrés nunca confesaría que esa fue su primera vez. No imaginó que de esa forma se trataban a las mujeres. El amor debe ser otra cosa. Pensó.

— Lo haré. - Respondió Andrés. Pero usted debe sentarse justo al lado de la cama. No fue una solicitud, al contrario, fue una orden. Harold así lo entendió, y lo aceptó.

Anet esperaba desnuda acostada. Andrés la observó de pie a la orilla de la cama. Le parecía una mujer hermosa. Una piel blanca, unos senos pequeños, con areolas de un rosado claro, labios finos y unos ojos azules que llamaban a la calma. Mientras Harold acercaba una silla. Andrés se colocó sobre ella. Con una mano sujetó el delicado cuello. Acercó su boca al oído de la mujer y en voz baja, para evitar ser escuchado por Harold, le dijo.

— Él me ha pedido que te golpee, pero puedes enseñarme a amar de otra manera.

Esas palabras la desarmaron. No era su primer amante. antes de él hubo muchos. Tantos que llegó a olvidarse de algunos. No supo por qué de pronto quiso llorar. Se contuvo y respondió acercando su boca al oído de él para no ser escuchada por su esposo. - Si existe otra forma de amar, pero a mí, no me sirve.

Andrés también se sintió desarmado ante la respuesta. Ella tomó la iniciativa y comenzó a besarlo en la boca. cada uno sujetaba el cuello del otro con ambas manos. Anet se colocó sobre él y siguió besando un cuerpo que realmente deseaba. Descendió hasta un sexo viril, tan duro que podía sentirse como el corazón en él, golpeaba. Al posar su boca, su fina boca, sus labios. Andrés experimentó un placer jamás sentido. De ser por él, habría permanecido así toda la noche, pero intuyó que debía actuar.

Entonces la detuvo, hizo que llegara hasta su boca y comenzó a besarla. Ahora él iniciaba el contra ataque en una guerra que apenas comenzaba. Besó unos senos pequeños, que podía contener cada uno en una mano. Siguió besándola, hasta llegar a un sexo ya húmedo. Por primera vez, degustó ese agradable sabor. Comenzó a mover su lengua y a recorrer todo ese cálido espacio. Con curiosidad introdujo primero un dedo, luego dos, los movió de adentro hacia afuera, mientras su lengua no detenía el periplo elíptico en la cavidad. La colocó de espalda y comenzó a sembrarle de besos la piel. Le abrió las piernas y la penetró. No dejó que ella se moviera, con una mano en el medio de la espalda la oprimía contra las sábanas, con la otra mano, sujetó su pelo. No dejó de embestirla hasta acabar. El sintió que su cabeza estallaba en mil pedazos junto al orgasmo. Besó su cuello y se acostó agotado viendo el techo. Ella se le quedo viendo.

—Te dije, que un sexo así, no me sirve.

3 ANDRÉS. LA HISTORIA.

—L o has oído, un sexo así no me sirve. - Volvió a decir Anet, pero esta vez en un tono de reclamo.

Andrés dejó de ver el techo, se levantó de la cama y se disponía ir al baño a vestirse, cuando Anet, le cortó el paso y comenzó a golpearlo con los puños cerrados. No trataba de pelear con él, solo le reclamaba. Andrés con su mano esquivaba cada intento de la mujer. Pero un descuido permitió que le acertaran una bofetada. Andrés dejó de ser él y se convirtió en su otro yo. Un yo que siempre lo acompañaba, pero él desconocía. Tomó a la mujer por los hombros, le dio media vuelta y le estrelló la cara contra la pared. Con un brazo sujetó los dos de ella a su espalda, le separó las piernas y ayudándose con la mano libre, guio su miembro y la penetró. Ella trató de morderlo, pero él introdujo su mano cerrada en puño impidiéndole mover la mandíbula, para evitar que ella lo hiriese. A cada envestida la mujer separaba por segundos los pies del suelo. Anet persistía en la idea de morderlo, fue entonces cuando él decidió sujetarle el cuello con su boca. Era él quien ahora la mordía constante pero suavemente. No quería hacerle daño, solo apaciguarla. Ella trataba de gritar y él jadeaba como un animal herido. Harold observaba toda la escena, sentado con las piernas cruzadas, una sobre la otra y fumando un cigarrillo. La mujer de pronto se vio suspendida en el aire, pero no dejaba de sentir, qué, por su sexo, estaba unida a otro cuerpo. Era tan ligera que Andrés al dejarle los brazos libres, pudo cargarla. Fue hasta la cama y la arrojó en ella. La cara de Anet, quedó a centímetros del calzado de Harold. No permaneció libre por mucho tiempo. Antes de que pudiese reaccionar, ya sentía una piel sudorosa arropar su espalda y de nuevo, un miembro duro se abría camino entre sus piernas y la habitaba. Ella comenzó a gritar y Andrés no tuvo más remedio que taparle la boca con su mano.

— Puedes gritar todo cuanto quieras, pero hoy te enseño a respetar a los hombres. - Andrés utilizó un tono de voz, que permitió que Harold lo escuchara. Lo que no sabía el belga, es que esa era su intención.

Ambas pieles estaban unidas y sudaban copiosamente. Andrés aceleró el movimiento y estalló dentro de ella. Anet contó: uno, dos, tres, cuatro. Ambos respiraban con dificultad. Ha terminado pensó ella. Estaba equivocada. Él comenzó a moverse de nuevo, ella se arqueó un poco, elevando sus nalgas. Andrés la sujetaba ahora con ambas manos por sus caderas. Harold tuvo la intención de acercar su zapato y tocar con su punta, la boca de su mujer, pero se percató que lo vigilaban. Al subir la cara, se encontró con los ojos de Andrés. Ambos se sostuvieron la mirada. El belga desistió de la idea, bajó la vista y se quedó viendo los ojos azules de su esposa. Ella volvió a sentir que estallaban en su interior. Por primera vez estaba vencida, ahora solo era un animal domado. Esta vez Andrés no se recostó. Se puso de pie y fue directamente al baño, con el habitual silencio de su conducta. Anet, al tratar de ponerse en pie, notó que sus piernas flaqueaban, aun así, subió las escaleras y desapareció. Al salir vestido, Andrés se percató del fajo de dinero en la mesa.

— Tómalo, es tuyo. Te has portado muy bien hoy. Dijo Harold.

Andrés tomó el dinero, lo contó y volvió a ponerlo sobre la mesa.

— No me debe nada. - Le respondió.

— Es tarde. ¿Quieres que te lleve a tu casa? - Se ofreció Harold.

— No será necesario. - Respondió Andrés cerrando la puerta.

Al subir a su cuarto, Harold notó que su esposa se duchaba, por el ruido producido por el agua al caer. Lo que no logro oír el belga, fue el llanto silencioso de Anet.

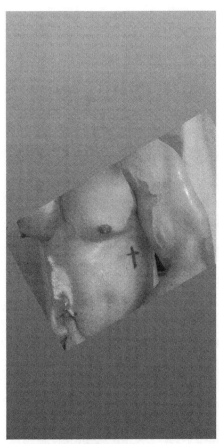

Andrés no tomó el camino a su casa, se desvió y comenzó a caminar por un malecón desierto. Anduvo por las piedras que servían para romper las fuertes olas y llegaran mansas a la orilla. Se acurrucó entre las rocas y durmió. El sol del amanecer saludó su cara. Él abrió los ojos y no distinguía bien las imágenes borrosas. Poco a poco sus pupilas se adaptaban a la claridad y los objetos se hicieron visibles. Una barca medianamente hundida, era vapuleada contra los peñascos por el mar, en sus constantes idas y sus constantes regresos. Un mástil roto, luchaba por sobrevivir y no ahogarse. Su mente le habló y le dijo- Así eres tú. Estás entrando a unas aguas desconocidas y debes lograr sobrevivir para no ahogarte. El mástil roto quedó grabado en su cabeza. Quiso grabarlo en su cuerpo. En la camilla esperó algunas horas que la aguja llena de tinta negra coloreara su piel. Luego al verse al espejo, notó que el mástil, parecía más una cruz. Lo detalló bien. No le reclamó nada al tatuador. Una cruz también serviría para recordar, que, ante todo, lo principal sería sobrevivir.

4. ANDRÉS. LA HISTORIA.

El Puerto se dividía en seis zonas y cada zona en cuatro estaciones. Cada estación tenía un jefe técnico. Harold, desempeñaba ese puesto en la estación dos, de la zona tres. Anteriormente ocupaba un cargo similar en el puerto de la ciudad de Calais. Donde vivía Anet. Ahora cincuenta hombres estaban a su cargo. La mayoría de ellos eran hombres maduros, pero también lo conformaban algunos jóvenes. Cualquiera de ellos podría ser el nuevo amante de Anet. Cualquiera de ellos ha podido desplazarlo, como de seguro lo hizo él con otro. Eso pensaba Andrés, al ver pasar los días, luego las semanas, sin ser invitado de nuevo por el belga a su casa.

Una vez se le hizo imposible dormir. Su mente giraba alrededor de un pensamiento específico. Transcurría una calurosa noche huérfana de brisas. Se desnudó y dio rienda suelta a su onanismo. Primero sujetó el pene con una mano, luego con las dos. Cerró los ojos y su mente no tenía quietud. El mismo pensamiento girando en su cabeza queriendo escapar, como tratan de escapar las aves cuando se encierran en jaulas. Giran, giran y no lo logran. Su miembro esa noche quería ser aún mayor, en dimensiones y grosor. Erguido a plenitud, él lo seguía sujetando con ambas manos. Comenzó a mover su cadera como si estuviese en pleno acto sexual. El mismo pensamiento en su mente aceleró el movimiento tanto de sus caderas, como de ambas manos. Atrás, adelante, atrás, adelante. Una y otra vez. Una y otra vez. El mismo pensamiento, el mismo pensamiento, el mismo pensamiento. Pensaba en la boca de Anet, su fina boca, sus labios, su lengua, devorándolo todo, como lo hizo la segunda noche a su lado. Estalló, bombeando el líquido blanco y viscoso, una, dos, tres, cuatro veces. El pecho le quedó cubierto de esa esencia de vida que tanto disfrutaba Harold ver correr entre las piernas de su mujer. Esperó unos minutos y volvió a masturbarse. Al acabar, se dirigió al baño. El agua fría, corría por su cuerpo. Una vez limpio, regresó a la cama. No se durmió, pero cerró los ojos.

En la mañana su madre, lo esperaba en la sala a que saliera para ir al trabajo.

— Lamento decírtelo, pero este mes no nos alcanzará el dinero y ya debemos dos mensualidades en el colegio de tus hermanos.

— Tranquila mamá. Trabajaré horas extras. - Andrés salió de casa y camino hasta la estación de buses.

A la hora del almuerzo en el trabajo. Harold se le acercó afectivamente.

— ¿Andrés crees que puedas venir a casa hoy? Anet, me ha pedido que te invite y debo decirte que es la primera vez que hace algo así.

— Seguro, ahí estaré. - Respondió Andrés.

Harold observó un brillo en la mirada del joven. Eso, le preocupó. El mismo brillo que un día hace mucho tiempo, vio en Anet.

El tiempo transcurrió más lento de lo normal. La jornada de trabajo le resultaba interminable. A la hora indicada, caminaba con cierta prisa en dirección a la casa del belga. De tener más experiencia, de seguro entendería que le era conveniente no demostrar tanta ansiedad ante el encuentro con Anet. Dos rasgos de su personalidad lo protegían de ser descubierto. El primero, su tendencia al silencio. El segundo, su timidez.

—¿Cómo estás Andrés? - Saludó Harold extendiendo la mano,

cuando vio que el joven entraba al jardín de su casa y caminaba en su dirección.

— Bien señor. - Respondió Andrés, apretando la mano del belga.

— Te ofrezco un cigarrillo.

— Gracias, pero no fumo. - Contestó Andrés, rechazando la oferta. Harold sí encendió uno.

— Bueno, pero por lo menos me permitirás que te ofrezca algo de beber. ¿Te parece bien un Whisky?

— Disculpe, tampoco bebo.

— Realmente eres muy sano.

Andrés sentía adversidad tanto al cigarrillo, como al licor. Tenía sus motivos. Cuando su padre perdió el empleo, la depresión lo llevó a refugiarse en ambos, deteriorando drásticamente, su calidad de vida.

— Anet te espera, puedes hacer con ella lo que quieras, menos causarle daño. - Dijo Harold posando su brazo en el hombro del joven y entrando juntos a la casa.

Anet yacía en la cama completamente desnuda, inmovilizada por unas cuerdas que sujetaban su cuerpo. Al verla Andrés se dirigió a ella y trató de liberarla. Infinidad de nudos gordianos se presentaban ante él. No lograba deshacer ninguno. Anet se le quedó viendo como suplicando algo. Al él acercarse, ella le escupió la cara. Andrés le respondió de la misma forma, pero no una, lo hizo dos veces, luego le acertó una fuerte bofetada, que enrojeció la mejilla de la mujer. Recordó el pensamiento de aquella noche en su casa. Aflojó el cinturón, se desabrochó el pantalón, bajo el cierre, e intentó separar con su pene los finos labios de la mujer. Harold lo detuvo.

— ¡Así no, debes desnudarte por completo! - Le ordenó.

Andrés se despojó de su ropa de forma desordenada, dejando todo regado al borde de la cama. Mientras lo hacía, Harold un experto en el Bondage, tiró suavemente del cabo de una cuerda que sobresalía y Anet quedó completamente liberada. De haberlo querido, ella también, fácilmente lo hubiese podido hacer. Andrés se abalanzó sobre ella y sin ningún preámbulo la hizo suya. Ella se sujetó a su espalda tanto con los brazos como con las piernas. Se dejó caer y el joven comenzó un lento y rítmico movimiento. Ella se perdía viendo unos ojos que no llegaban a ser negros. Él se perdía en unos ojos que casi son mares. Harold se puso de pie. Con su gruesa mano acarició el pelo desordenado de Andrés. Descendió por la nuca, bajó lentamente por la espalda, llegó justo donde comienza a nacer la redondez de las nalgas, retiró la mano y caminó en dirección a la salida, cerró la puerta y los dejó. Cuando todo hubo terminado, Andrés se vistió, sintió algo en el bolsillo de la chaqueta. Introdujo la mano y se percató que era dinero. Lo dejó ahí. Al llegar a casa, sin contarlo se lo entregó a su madre.

—Es mucho dinero- Le dijo ella.

—Ya te dije, estoy trabajando horas extras. - Le respondió él.

Por primera vez, Anet le había pedido a Harold quedar a solas con un hombre. Una parte de él, la entendía. El joven la había domado. La intimidad del encuentro no generó en la mujer la sensación esperada, algo en ella se había perdido, quería recuperarlo, pero ya, no era posible. Ellos no fueron los únicos en tener respuestas esa noche. También, mientras caminaba a casa. Andrés pensó, que poseer a Anet sin ser visto por Harold, perdía todo sentido.

5 ANDRÉS. LA HISTORIA.

Andrés oía atentamente a la mujer.

— Debo irme. De seguir aquí, seré una mujer destruida. Todos estos días lo he meditado, es la única opción que tengo para rehacer mi vida, e intentar ser feliz. Apenas tengo cincuenta años, no puedo esperar más para tomar esa decisión. Lo haré hoy que tengo valor.

— Vas a destruirlo.

— Él ya es un hombre destruido. - Acotó la mujer.

— ¿Qué sucederá con mis hermanos?

— Deja que me estabilice y vendré por ustedes, mientras tanto, tú debes hacerte cargo.

— Si piensas que es lo correcto. Hazlo. - La confianza entre Andrés y su madre, era absoluta. Si las circunstancias la llevaron a eso. Él la apoyaría.

Ahora era el responsable de un padre rendido ante una profunda depresión, una hermana con ocho años que aún continuaba siendo una niña y un hermano que con catorce años entraba a la pubertad.

— ¿No me guardarás rencor?

— No mamá.

La mujer recogió una pequeña parte de su ropa y se fue.

— ¿Crees que puedas venir hoy a casa? - Preguntó Harold a primera hora de la mañana, cuando lo vio entrar al trabajo.

— Hoy no puedo, debo arreglar algunos asuntos, pero mañana sí. Respondió Andrés.

— ¿Puedo ayudarte en algo Andrés? -Preguntó Harold realmente preocupado.

— No. Es algo que debo resolver yo solo. - Andrés, siguió el camino a su sitio de trabajo.

Antes de marcharse, Harold volvió a llamarlo. Andrés regresó.

— De una forma extraña te estoy tomando un cariño especial. Si puedo ayudarte en algo. Solo dímelo.

— Ya le dije, es algo que debo resolver yo solo. - Respondió Andrés, bajó la mirada, dio media vuelta y se marchó al muelle donde lo esperaban los otros hombres.

Al día siguiente, todo transcurrió como siempre. Terminado el trabajo el resto del equipo abandonaba el puerto rumbo a sus hogares. Él caminó en dirección a la casa del belga. Al llegar Harold lo recibía en la puerta con un afectuoso saludo.

— Hoy será una ocasión especial. Sé que no bebes, pero creo que te haría bien tomar un trago.

Harold no permitió oír la negativa. Sirvió dos vasos de Whisky y le dio uno al joven. Andrés lo bebió en dos sorbos.

— ¿Te molestaría, si en vez de dos, hoy son tres en la cama? - Pregunto Harold.

— ¿Es lo que tú quieres? - Respondió Andrés, tuteando a su jefe.

— Sí. - Respondió Harold, satisfecho por una respuesta que de antemano sabía sería afirmativa.

Al entrar a la habitación Andrés pidió darse una ducha. Al salir lo esperaba Harold y Anet. Quienes comenzaron a desnudarse delante de él. El cuerpo de Anet ya lo conocía, el del hombre no. Un cuerpo robusto, bien conservado, con una piel blanca, pecho ancho, cubierto de un vello que comenzaba a blanquear y un sexo mucho mayor que el suyo. Fue lo que captó mientras lo observaba desvestirse. Harold volvió a sentarse al lado de la silla. Anet, tomó la mano del joven y lo llevó a la cama. Comenzaron el encuentro muy pausadamente. De pronto se abrió la puerta y entró Emily. Una exuberante morena, de unos treinta y cinco años, voluptuosa, con grandes senos y nalgas firmes. Se dirigió a la cama y comenzó a besar la espalda de Andrés. Él dejó de besar a Anet. Tomó la cara de Emily con una mano, la acercó, la miró detenidamente y la besó. Las mujeres tomaron el control de la situación. Entre ambas lo sometieron. Harold veía la escena, desnudo, poco a poco se excitaba y su miembro endurecía. Por primera vez Andrés llegaba rápido al orgasmo. Mientras duraban esos segundos de paroxismo donde se siente la comunión con la creación, se quedó viendo fijamente a Harold. El belga por su parte le sostuvo la mirada. Los cuerpos quedaron rendidos en la cama, descansando. Solo una tregua antes de producirse el segundo encuentro. Harold recogió su ropa, se vistió y los dejó. Las mujeres retomaron su papel, actuando como libertinas meretrices. Como animales devorando a su presa.

6. ANDRÉS. LA HISTORIA.

Emily tenía un apetito voraz, desordenado e ilimitado en cuanto a los placeres carnales. De ser ella y no Escila, la que compitiera contra Mesalina. De seguro la esposa del emperador de Roma, hubiese salido derrotada. Andrés no lo sabía, pero ella podría ser el único espécimen femenino en una bacanal de cien machos en celos, satisfacerlos a todos y aun estar dispuesta a otra entrega. Pasaba por ser una dama intachable, pero fácilmente administraría ella sola un lupanar. Rápidamente aprendió que las virtudes se hacen públicas y los vicios se mantienen en privado. Si con Anet, el sexo era una experiencia violenta. Con Emily aprendió todo lo referente a la caricia impúdica. Ella hurgó cada centímetro de su cuerpo. Su piel, se convirtió en un campo, que ella araba. Mientras él se entretenía saboreando el sexo de Anet. Ella descendía por su espalda, haciendo un camino con su lengua, llegó hasta sus nalgas duras, las abrió con ambas manos y quedo ahí jugando. Andrés se retorcía de placer, por instantes se olvidó de Anet. Cerró los ojos, y comenzó a jadear. De pronto una imagen vino a su mente. En ella no era Emily quien lo acariciaba. No le gustó lo que vio. Dio media vuelta, la tomó entre sus brazos, la depositó sobre la mesa donde Harold le dejaba el dinero. Ella lo veía y sonreía. Él la embestía con furia, cada vez con más fuerza, quería que pidiera clemencia igual como se lo pidió Anet, pero ella en cambio le sonreía. Una sonrisa que lo retaba. Él tomó su cuello con ambas manos y comenzó a ahorcarla, realmente podría haberle causado la muerte. Ella con su mano, tomó una de las manos de él. Andrés pensó que quería que parara, pero estaba equivocado. Ella misma se abofeteó y le pidió que lo siguiera haciendo. Andrés le obedeció, lo hizo múltiples y seguidas veces. Ella seguía retándolo con la sonrisa. El enloquecía y ella lo sabía. Dio media vuelta y quedó recostada a la mesa. Andrés volvió a penetrarla. Ella con una mano tomó el miembro extremadamente erguido y duro y lo dirigió a otro orificio. Una vez que sintió estar empotrada hasta el fondo, movió sus caderas y lo venció. Andrés derramaba su semen a borbotones. Su cabeza estalló en mil pedazos, como cuando estalla un florero de cristal que cae al suelo desde una gran altura. Se tendió en el piso sobre la alfombra, Anet se acostó a su lado y lo acompañó. Emily salió del cuarto y fue en busca de Harold.

Andrés estaba exhausto, se hubiese quedado a dormir, pero recordó a sus hermanos. Recogió sus ropas y sin ducharse se vistió. De buena gana aceptaría el ofrecimiento de su jefe de llevarlo a su casa. Pero Harold apenas comenzaba su encuentro con la exuberante morena. Emily sabía que, con él, la esperaba un encuentro diferente, que no le daría tregua y como siempre sería un hueso duro de roer.

Salió a la calle y tomó un taxi hasta su casa, un pequeño lujo que no siempre se permitía. Al llegar se encontró con Elena.

— ¿Qué haces despierta aún?. - Le preguntó a su hermana.

— No podía dormir. - Le respondió la niña.

— ¿Has comido ya? - Preguntó Andrés.

— Sí, papá nos preparó la cena. - Elena se le quedó viendo de forma triste, estaba a punto de llorar cuando le dijo. - Sabes que mamá se fue de la casa y no vendrá más.

— Mamá no se ha ido lejos, mañana cuando te busque en la escuela te llevaré a verla. - Respondió Andrés, agachándose para hablarle a la altura de ella.

— ¿Tú no te irás nunca de casa?

— No, yo nunca me iré de casa. ¿Quieres que te cuente un cuento para que puedas dormir?

— Sí. - Respondió la niña.

La llevó hasta la cama, la acostó y se sentó a su lado.

— Había una vez. - No pudo continuar, se quedó dormido.

A la hora del almuerzo, Harold se acercó a Andrés y ambos comieron juntos.

— De seguro te ha resultado una experiencia intensa la de anoche. - Harold comenzaba la conversación, ya no, como un jefe, más bien como amigos que bromean.

— Como todas las que he vivido - Respondió Andrés, con el mismo tono formal que lo caracterizaba.

— La próxima vez, de seguro será más intensa aún. Claro ¿siempre que quieras volver a casa?

Andrés no respondió y siguió almorzando, sin separar la mirada del plato de comida. Harold no necesitaba oír una respuesta. Ya la sabía. Solo seis días pasaron hasta el nuevo encuentro. Como siempre Harold lo esperaba en el porche de la casa. Muchas cosas aprendió con el pasar de los años. Una de ellas, ocultar los sentimientos. Ansiaba que el joven llegara. Cuando lo vio, salió al jardín a recibirlo como siempre.

— Me alegra verte- Le dijo.

Andrés aceptó el saludo y ambos se dieron la mano. Harold la retuvo un tiempo más de lo normal.

— Hoy te tocará disfrutar de los placeres pasivos. Para eso te recomiendo que bebamos un poco, se te hará todo más fácil.

Andrés no entendía a qué se refería con lo de placeres pasivos. Ambos se sentaron en unas sillas que permitían ver el jardín y bebieron cada uno dos tragos. Mientras caminaban a la habitación el belga le dijo.

— No te cohíbas y da rienda suelta a tus pensamientos.

Al llegar, el cuarto estaba desierto, solo ellos dos. Harold comenzó a desnudarse, Andrés lo detallaba.

— Creo que debes desnudarte también - Dijo Harold.

Andrés comenzó a desnudarse, algo extraño le sucedía. Una voz interior le decía que debía irse. Abrir la puerta y correr a toda prisa hasta su casa. No lo hizo. Se desnudó. Harold lo contemplaba. Realmente es un joven hermoso. Pensó.

— Debes sentarte ahí. - Harold le señaló una silla al otro lado de la cama.

Andrés obedeció. El belga volvió a servirle una bebida y él bebió un sorbo. Su jefe se retiró hasta la silla que se encontraba al otro extremo de la cama, se sirvió también un vaso de whisky y se sentó. Al abrirse la puerta entró Anet, con un hermoso vestido blanco y un elaborado peinado, como si de una gran celebración se tratase. Detrás de ella entro Emily, igual o más elegantemente vestida, su largo pelo recogido en una cola. Anet le dio la espalda a Emily y esta comenzó a desabrochar sensualmente la hilera de botones. El vestido largo cayó al piso. Anet con su collar de perlas y su lencería parecía una estrella del Moulin Rouge. Se tendió en la cama, arqueó su cuerpo y elevó sus nalgas. Emily, se desvistió ella misma. Un intrincado diseño en cuero de color negro. donde abundaban las correas con sus pequeños y múltiples broches dorados, le servían de ropa interior. Sujetó con una cuerda las manos de Anet que amarró a la cama y con un delgado látigo comenzó azotarle las nalgas, a cada golpe una fina línea roja quedaba tatuada. Ya Jhon Cleland, explicaba la forma correcta de hacerlo en su novela Fanny Hill publicada en 1748. Emily creaba pequeños surcos que luego al contacto con las sábanas producirá un escozor que causará placer. Harold veía la escena y poco a poco se excitaba. Andrés traspasaba con su vista a las mujeres y solo observa el cuerpo del hombre al otro lado de la cama. Cada uno comenzó a masturbarse. Las mujeres continuaban su encuentro lésbico. Andrés mareado trataba de mantener los ojos abiertos. Harold se le acercó, con la intención de ofrecerle otro trago. Quizás fue intencional, su pene medio erecto quedó cerca de la cara del joven, tan cerca que podía sentir su olor. Lo vio a los ojos y sonrió burlonamente. Esa mueca molestó a Andrés, quien se puso de pie. Extrañamente ambos tenían casi el mismo tamaño. Estaba lleno de rabia, con ambas manos sujetó el cuello del hombre, con intención de ahorcarlo. Este no se atemorizó, por el contrario, sus labios pintados de color carmesí, mostraban la misma sonrisa retadora de Emily. Andrés con violencia, lo obligó a ponerse de espalda y apoyarse sobre la mesa. Comenzó a morderle la espalda. Descendió hasta las nalgas, las separó con ambas manos y recorrió todo ese espacio, de la misma forma que lo había hecho Emily con él. Tomó su pene erecto y lo introdujo. Harold mantenía la misma risa burlona y retadora. Andrés enloquecía. Mientras que con una mano presionaba el coxis del hombre para arquearlo, con la otra sujetaba su cuello hacia atrás. Acercó su boca al oído, - Para esto me has traído, pues ahora soporta y no te quejes. - El movimiento de ambos era desesperado, ambos cuerpos sudaban. Andrés jadeaba, quería terminar el encuentro, pero no lo conseguía. Seguía penetrando al hombre una y otra vez. Una y otra vez. Harold no borraba de su cara la sonrisa burlona. El joven no pudo más.

Cuando abrió los ojos. Emily, Anet y Harold lo estaban viendo.

— ¿Qué ha sucedido?- Preguntó Andrés.

— Te has quedado dormido- respondió Anet.

— Ha debido de ser efecto del Whisky- Dijo Harold y los tres comenzaron a reír.

Andrés estaba avergonzado. Todo había sido solo un sueño.

7. ANDRÉS. LA HISTORIA.

—¿Cuánto tiempo dormí? - Preguntó Andrés.

— Creo que te has perdido todo el encuentro. He visto como no podías contener el sueño, así que me acerqué y retiré el vaso de tu mano, para que no cayera al suelo. Tranquilo, la noche apenas comienza y te hemos esperado. Puedes quedarte a dormir si quieres. - Dijo Harold.

Andrés estaba mareado. Anet y Emily seguían con su atractiva ropa interior. Harold tenía puesto el pantalón de un pijama.

— ¿Qué hora es? - Preguntó Andrés, tratando de ordenar las

5555

5

5

ideas, en una mente alterada por el alcohol.

— Es temprano aún, apenas son las ocho de la noche. - Respondió Emily.

— Debo irme a casa. - Andrés pensaba en sus hermanos. Su padre era un hombre en el que no podía confiar.

— Puedes quedarte a dormir, creo que no puedes irte en ese estado. - Dijo Anet.

— No, realmente no puedo quedarme, debo ir a casa.

— Es la primera vez que nos rechazan. - Dijo Emily sonriente. - Acaso este jovencito ya tiene ocupado su corazón. - Agregó, mientras acariciaba el ondulado, negro pelo de Andrés.

— No, ese no es el motivo. - Respondió, poniéndose de pie y vistiéndose aprisa.

— Debes llevarlo a casa. - Dijo Anet, dirigiéndose a su esposo.

— Siempre he ofrecido llevarlo, pero él lo rechaza. - Respondió Harold.

— Esta vez no aceptarás ninguna negativa. Debes llevarlo, no se siente bien. - Anet, no solo estaba protegiendo a Andrés, desde hacía tiempo, sabía los sentimientos que estaban naciendo en él y que cada vez iban creciendo. Lo intuía en las miradas fortuitas que se dirigían ambos hombres. Y lo comprobó cuando al desnudarse Harold, de forma inocente el joven no pudo evitar apartar de él la mirada. Algo más la preocupaba, por primera vez, notó también algo diferente en la mirada de su esposo.

— Iré a vestirme. - Dijo Harold.

Subieron al auto y se marcharon, las dos mujeres después de despedirlos entraron a la casa.

— Tienes razón, es todo un semental. - Dijo Emily.

— Sí, un espécimen exótico. - Respondió Anet.

— Un Bocatto di Cardenali. - Agrego Emily.

— Sí, un manjar hasta para un Cardenal. - Anet seguía el juego de su amiga, de antemano sabía el sentido de sus palabras.

— ¿Se lo presentarás a La Cardenala? - Emily, sentía a Anet abstraída, por eso le hizo esta pregunta.

— Tiene mucho que aprender. Te pido un favor, mantengamos el secreto. - Anet, esperó la respuesta. Emily asintió con un movimiento de su cabeza.

En el auto, un silencio reinaba entre ambos hombres. Harold manejaba pendiente de la vía. Andrés, veía a través de la ventana. En realidad, no observaba nada del exterior. Estaba pendiente de su corazón, que, sin explicación alguna, latía de forma acelerada.

— Puedes dejarme en la próxima esquina. - Señaló Andrés.

— ¿Vives por aquí? - Preguntó Harold.

— Sí. - Andrés mintió con esa respuesta. Faltaban algunas cuadras para llegar a su verdadero destino, pero no quiso mostrar donde vivía.

Antes de dejar el carro Harold posó su mano sobre la pierna del joven, fue como una leve caricia. Se le quedó viendo y le dijo.

— Sé lo que sientes, pero aún no estás preparado para eso. Es un camino que, al empezar andar, ya no tiene retorno.

Descendió del auto y comenzó a caminar, cuando observó que Harold ya no lo veía. Dio media vuelta y tomó la verdadera ruta.

Al llegar a casa, sus hermanos comían sentados viendo la televisión. Su padre salió a su encuentro. Ven necesitamos hablar. Ambos salieron al pasillo.

— Tu hermana me ha contado que fueron a visitar a tu madre. - El tono de reclamo se hizo patente.

— Sí, la he llevado algunas veces, cuando venimos de regreso de la escuela. - Respondió Andrés con el respeto con el que siempre se dirigía a él.

— No quiero que la vuelvan a ver. Ella nos ha abandonado.

Andrés quiso responder, que no los había abandonado a ellos, si no a él, pero no lo hizo.

— Espero que no me traiciones como ella.

— Ella no te traicionó. Tú la llevaste a tomar esa decisión. Respondió Andrés, dejando ver el rencor que le guardaba a su padre. Lo quería, pero internamente lo culpaba de toda la situación.

— Eres igual que ella. Nada bueno puedo esperar de ti. Mejor no hubieses nacido. Sin ti, de seguro todavía ella estaría a mi lado. Solo has traído penas a mi vida. - No se midió con sus palabras. Quería transmutar una culpa que sabía suya, haciéndole daño a su hijo.

Andrés bajó las escaleras, salió a la calle y comenzó a caminar por el camino de la playa. A esa hora, algunos hombres solitarios hacían lo mismo. Como fantasmas perdidos en laberintos. Uno de ellos se le quedó viendo. El esperó que pasara y volteó la mirada, en ese preciso momento el hombre hizo lo mismo. Siguió caminando y al poco rato se percató que lo seguían. Se detuvo y reconoció al hombre con el que se había topado minutos antes.

— Hola ¿Qué haces por aquí?. Le preguntó.

— Solo camino. - Respondió Andrés.

— ¿Qué buscas?

— ¿A qué te refieres? No busco nada. Solo camino. - Respondió Andrés confundido. Luego agregó. ¿Tú que buscas?

— Creo que lo que buscamos todos los que nos encontramos por aquí. - Respondió el hombre.

— ¿Qué es lo que buscan? - Volvió a preguntar Andrés.

— Pasar un buen rato. El hombre se quedó viendo fijamente la entrepierna de Andrés.

— ¿Aquí? - Preguntó Andrés, entendiendo las intenciones.

— No, aquí pueden vernos, vamos hasta aquellos arbustos, es más oscuro y nadie pasa por ahí.

El hombre comenzó a caminar y Andrés lo seguía. Al llegar al sitio indicado el hombre se arrodilló. Andrés aflojó su correa, bajó el cierre y mostró su pene flácido.

— Vaya sorpresa. - Dijo el hombre, llevándoselo a la boca.

Rápidamente los conductos se llenaban de sangre y el falo tomaba su tamaño. El hombre lo tomó con ambas manos y comenzó a trabajarlo de forma desesperada.

— Vaya sorpresa, ¿Eres un hombre o un caballo?

Andrés se le quedó viendo y le dijo.

— Haz lo que tienes que hacer, pero en silencio. - Algo le molestaba. Quizás el tono de voz del desconocido. Quizás la situación. Quizás lo fácil que resultaba todo.

El hombre comenzó a succionarlo de forma desesperada.

— Así no.- Dijo Andrés, con su voz ronca y autoritaria. - Hazlo suave. Agregó.

Con ambas manos sujetó la cabeza del hombre y comenzó a moverla al ritmo que él quería. Cerró los ojos y ya no era un desconocido. Por instantes, era el cuerpo de Anet, por otros el cuerpo de Emily. Se comenzó a mover como si yaciera con ellas, manteniendo sujeta la cabeza del hombre. A medida que crecía la excitación aceleraba el ritmo. El hombre llegó a sentirse incómodo, se le hacía difícil respirar, pero él no lo soltaba. Cuando sintió estar cerca del orgasmo. Sujetó fuertemente la cabeza del hombre, le hundió el pene hasta el final de la garganta y comenzó a bombearlo. Uno, dos. tres, cuatro, contó Andrés. Mientras contaba, la imagen que vino a la mente no fue el cuerpo de Anet, ni el de Emily. Fue la mano de Harold sobre su pierna cuando se despedían en el auto. No dejó que el hombre se separase y éste no tuvo más remedio que tragar. Andrés acomodó su ropa y sin decir nada, se marchó. Mientras caminaba, pensó: Que fácil resulta todo.

8 ANDRÉS. LA HISTORIA.

L as conductas siempre tienden a ser resguardadas por barreras que tratan de evitar que lo socialmente aceptado sea transgredido. Mientras no se crucen esas fronteras, nos mantenemos protegidos. Quizás el temor nos impide explorar que hay más allá. Si nos llenamos de valor y cruzamos esa delgada línea, descubriremos que no solo existen infiernos y demonios, si no también ángeles y paraísos.

Ese encuentro fortuito, fácil y vacío, dejó a Andrés con más penas que alegrías. Que simple resulta todo y a la vez que árido resulta todo. En las mañanas, se vestía como lo hacía siempre, salía de casa. Pero no se dirigía a su trabajo. Tomaba otra ruta, la de la montaña. Comenzaba a subir hasta llegar al viejo castillo colonial, que antes servía para proteger la ciudad de ataques piratas y hoy ya estaba olvidado. Desde ahí, a lo lejos distinguía el puerto. Notaba las zonas, las estaciones y también lograba distinguir la casa donde un mundo nuevo se le abría. Recordó lo que Anet le dijo al oído. "Un sexo así, no me sirve". Él se creó su propia frase. "Una vida así, no me sirve". Siempre fue un solitario. Un espécimen que funciona mejor solo que andando en mamadas. No le molestaba, se habituó a ello. El problema de la soledad es que cuando realmente la conocemos nos damos cuenta de lo cómoda que es. Pero algo había cambiado en él. Ya no era el mismo, quizás, si era la misma persona, pero no se conocía completamente y apenas ahora comenzaba hacerlo. "Es un camino que solo tiene una vía de ida y no hay retorno". Esa frase lo perseguía. En realidad, lo que lo perseguía era la voz de Harold. Y si le pongo fin a todo. Si llego hasta la esquina del muro y me dejo caer al vacío. Todo se solucionaría. Se puso de pie, ascendió hasta la alta almena, vio al mar, una solitaria ave lo sobrevolaba, cerró los ojos, una brisa comenzó a rozar su cara. Oyó una voz.

— *¿Qué piensas hacer?*

— Saltar.

— *Es muy alto, no sobrevivirás.*

— Ese es el sentido.

— *¿Morir es el sentido?*

— Sí.

— *¿Por qué quieres morir?*

— Camino por una vía de un solo

carril y pienso que al final, solo

encontraré un abismo.

— ¿Cómo sabes que hay un abismo, si no lo has visto? Que te parece si antes de saltar ahora, esperas a ver a donde te lleva o hasta dónde eres capaz de llegar. Además, recuerda, tienes que proteger a Elena.

Andrés abrió los ojos. Se sentó al borde del muro, su mirada se perdía en el puerto y un poco más allá. Volvió a oír su voz interior.

— Busca otro camino. - Se dijo.

Igual a los dos días anteriores, lo pasó vagando. Cuando ya se observaba despedirse el sol en el horizonte, volvió a casa, como si hubiese cumplido con su jornada de trabajo. Al abrir la puerta su padre le dijo.

— Tu jefe te está esperando en la sala.

El corazón de Andrés, ya no era un corazón, ahora era un tambor, que un tamborilero golpeaba aceleradamente y con fuerzas. Él lo oía. Toc, toc, toc, cada vez más fuerte, cada vez más acelerado. Cada vez más fuerte, cada vez más acelerado. Toc, toc, toc, toc.

— No soy su jefe, soy la esposa del jefe. - Corrigió Anet. — Pero no me anuncié así. Ya somos amigos. ¿Cómo estás Andrés? - Anet se acercó y le tendió la mano.

— Bien gracias y usted. - Respondió Andrés.

— ¿Les brindo un café? - Preguntó el padre.

— Es muy amable, pero necesito hablar con su hijo y precisamente lo quería invitar a tomar un café. - Respondió Anet.

— Los dejaré solos para que hablen. - Dijo el hombre.

— Iremos a otro sitio papa.

Ambos salieron de la casa, subieron al auto. Anet conducía. Recorrían el serpenteante camino que bordea la costa.

— Pensé que estabas enfermo. En dos años de trabajo nunca has faltado. Pero tu padre me dijo que debía esperarte a que regresaras del puerto. Puedes decirme que te sucede.

Andrés no respondía. Como le sucedía en esas circunstancias, sus ojos se dirigían al paisaje, pero realmente se veía por dentro. Recorría cada espacio y todos resultaban extremadamente dolorosos.

Anet estacionó el auto frente una casa, cuyo patio trasero, daba acceso directo a la playa.

— Es la casa de la playa. nos gusta porque es un sitio solitario. Venimos aquí los fines de semana. Dijo Anet. — Caminemos. - Agregó.

Ambos se descalzaron y comenzaron a dejar huellas en la arena. Ella vestida con un ligero vestido de flores, parecía más joven. Se acercó a Andrés y le tomó la mano. Siguieron caminando así, en un silencio que ambos entendían. No hubo necesidad ni de palabras, ni solicitudes. Se besaron de una forma nueva. No hubo preámbulos. Se acostaron, ella abrió las piernas. Él aflojó su correa, se desabrochó el pantalón, sacó su pene ya erguido. Ella al sentirlo trató de ocultar un gesto de dolor. Ambos quedaron quietos. Luego de un rato comenzó el rítmico movimiento, él estalló. Uno, dos, tres, cuatro, contó mentalmente Anet, cada vez que sentía las contracciones del sexo del hombre dentro de ella. No se separaron. Quedaron quietos. Él sobre ella. Ambos eran solo una pieza en un juego que controlaba otro. Anet, veía las nubes pasar a prisa en un cielo, tan azul como sus ojos. Abrazó a Andrés y le dijo.

— Veo en ti, dos esencias, la mía y la de él. Una de las dos debe prevalecer. Yo te sugiero que sea la de él y no vivas una vida como la mía. Pero para eso, primero debes vencerlo. - Lo que no sabía Anet, es que el joven, inició el camino que traspasa las fronteras. No   con   Harold,   si

no, con un desconocido.

Andrés, caminó hasta el mar. Nadó un poco, desde el agua dirigió su vista a la mujer, que sentada sobre la arena le devolvía la mirada. Cada uno comprendió el sentimiento del otro. Abandonaron la playa, caminando tomados de la mano.

Subieron al auto, Anet lo dejó en la avenida y siguió el camino al puerto. Andrés no fue a su casa. Se dirigió en solitario, al igual que hacían otros a esa hora, al camino del muelle. Para él solo eran sombras. Dos jóvenes de su misma edad, pasaron a su lado y se le quedaron viendo.

— ¿Qué buscan? - Les preguntó Andrés.

— ¿Qué ofreces? - Contestó uno de ellos. - Mirando con picardía a su amigo.

— Hacerles pasar un buen rato.

— Por mí está bien. - Respondió uno.

— Por mí también. - Agregó el otro.

Andrés comenzó a caminar. Ya no era la presa si no el cazador. Los jóvenes lo siguieron, llegó al mismo lugar oculto por los arbustos. Ambos se arrodillaron. Él sacó su pene. Uno de los jóvenes quiso bromear al ver su grosor. Cuando comenzaba hablar. Andrés mirándolos con superioridad les dijo. - Lo van hacer, pero en silencio. - Ya no eran Anet y Emily quienes lo succionaban. No sabía sus nombres, tampoco le importaba. Ellos se turnaban uno al otro y cada uno se esmeraba más en causarle placer. Uno. dos, tres, cuatro, contó mentalmente. Luego se marchó, sin decir ni una sola palabra.

A la mañana siguiente Andrés, fue al baño a prepararse para ir al trabajo. Pasó un tiempo viéndose al espejo, como si fuese otra persona.

9. ANDRÉS. LA HISTORIA.

A ndrés   luchaba sus propias guerras civiles.
Las primeras gotas de la tormenta, apenas comenzaban a caer.
 No solamente tienes que sobrevivir, también tienes que vencer. Para lograrlo, tienes que dejar de ser la presa y convertirte en cazador.
Se repetía una y otra vez, mientras se veía al espejo.

10. ANDRÉS. LA HISTORIA.

—**V**endrá hoy. - Le dijo Harold a su esposa con cierta preocupación.

Anet, al ver la expresión de su cara, presagio que no era una buena noticia. No quería preguntar, pero no tenía otra alternativa. Sabía que la respuesta, solo confirmaría, lo que tanto temía.

— ¿Quién vendrá? Anet no quería oír la respuesta.

— La Cardenala. Contestó Harold.

— No me gusta que utilices ese mote, sabes que me disgusta, es muy peyorativo.

— Así le dicen todos. Contestó Harold.

— Sí, pero a su espalda. Cara a cara nadie se atrevería.

El mayor temor de Anet, se había cumplido. Solo una persona sabía de sus encuentros. Esa persona era Emily, así que decidió llamarla. Tomó su teléfono móvil, se dirigió al jardín, buscó en la memoria y marcó el número.

— Hola y esa agradable sorpresa. Si es para confirmar mi presencia hoy, ya sabes que si iré. Demasiada tentación como para resistirse. - Contestó Emily, sin dejar hablar a su interlocutor.

— De eso quiero hablarte. - Dijo Anet,

— ¿Qué sucede? - Preguntó Emily sin notar la preocupación con la que Anet le hablaba.

— ¿Quién sabe de nuestros encuentros?

— Solo se lo he contado a mi marido. ¿Algún problema?

— Te pedí que guardáramos el secreto.

— No se lo he contado a más nadie. Recuerda que entre los dos no hay secretos. - Contestó Emily, manteniendo el tono afable que la caracterizaba.

— ¿Qué le contaste?

— Todo, como siempre. Mientras más detalles le dé, más me presta atención.

— ¿Le hablaste sobre Andrés?

— Claro como dejar de hacerlo. Respondió Emily.

— ¿Qué le dijiste?

— Solo me referí a él de la mejor forma posible. Que fácilmente se convertiría en un Bocatto di Cardinale.

— Pues creo que se lo ha dicho a otra persona. - Asintió Anet.

— Creo que se me olvidó decirle que lo mantuviera en secreto. De ser así, toda la culpa es mía.

— Vendrá esta noche.

— ¿Quién? - Preguntó Emily.

— La Cardenala. - Luego de responder, Anet se sintió avergonzada por haberse referido de esa manera.

— Que bien, será muy divertido. Que excelente noticia. Gracias por avisarme con tiempo. Trataré de estar lo más bonita posible. - Emily hablaba de una manera muy emocionada. — ¿Algo más? - Agregó.

— No nada más. - Anet, colgó la llamada. De no ser por Andrés, ella también se hubiese alegrado.

Entró a la casa y fue directamente donde se encontraba su esposo.

— ¿Le has avisado a Andrés? - Preguntó Anet.

— Claro, sabes que él nunca falta. - Respondió Harold, tratando de mostrarse despreocupado.

— Te incorporarás hoy. - Continuó Anet, interrogando a su esposo.

—— No, él aún no está preparado.

— Es decir que seremos cuatro en la cama. -Anet tenía un sentimiento extraño, de seguro sería una de las mejores experiencias que podría tener, pero no lograba definir ese instinto de protección hacia Andrés.

— Tranquila, le he dicho que solo puede ver. Serán solo ustedes tres.

Algunos hombres bromeaban, otros caminaban en silencio cansados, luego de terminar el trabajo de descargar el barco en el puerto. Llegarían a sus casas, serían recibidos con un plato de comida y descansarían. Andrés tomó otra ruta.

— Ha llegado. - Dijo Harold.

— ¿Quién? - Preguntó Anet.

— La Cardenala. - Emily contuvo la risa. Harold se atrevió a decirlo delante de ella, solo por la extrema confianza que le tenía. Abrió la puerta, salió al jardín.

Mientras tanto Emily, recogió dos copas de champan de la mesa, le dio una a Anet y regresó por otra.

— Es un placer verte.- Dijo Harold, mientras saludaba al estilo francés de dar dos besos en la mejilla.

— El placer es mío- dijo La Cardenala, — Eres muy atrevido al recibirme en la calle, sin miedo al qué dirán, con esa costumbre tan francesa. Si no me confundo, creo lo llaman "Le bise".

— Tienes razón, al doble beso, le dicen Le Bise. Y solo lo hago cuando me siento entre iguales. Pasa te están esperando.

Anet como dueña de la casa debía saludar primero, simple protocolo. Pero Emily salió al encuentro con la copa de Champan y la entregó a la esperada visita.

— Me alegra verte. - Dijo Emily, dándole el doble beso en la mejilla, mientras le entregaba la copa de Champan.

— Mejor recibimiento sería imposible. - Respondió La Cardenala.

— ¿Cómo estás Luigi? -Preguntó Anet.

— Muy bien Anet. - Respondió el hombre. Y agregó — Tan hermosa como siempre.

Luigi Scorcia, era uno de los hombres más ricos del país, A sus cincuenta años mantenía esa vitalidad de la juventud. Tan alto como Harold, poseía unos ojos azules igual a los de Anet, pero su pelo encanecido y su tez blanca los hacían resaltar aún más. Su éxito no se sustentaba solo en sus conocimientos y capacidades amatorias. Su fuerza principal radicaba en la capacidad de conquistar y seducir con la palabra. Estar con él, siempre resultaba en una experiencia que las mujeres y los hombres, guardaban como un buen recuerdo. Lo llamaban La Cardenala, por ser el sobrino de un Cardenal y por presentarse a las fiestas, vestido algunas veces con ropas de hombre y otras veces con ropas de mujer. Cuando terminaban la copa de Champan, sonó el timbre. Harold abrió la puerta.

— Bienvenido Andrés, te estamos esperando. Saludó Harold.

El joven entró, Anet y Emily lo saludaron sin acercarse.

— Te presento a un amigo. Él nos acompañará esta noche. Espero eso no te cause problemas. - Dijo Harold.

— ¿Es lo que tú quieres? - preguntó Andrés.

— No es lo que yo quiera, es lo que tú quieras. - Respondió Harold.

— ¿Es lo que tú quieres? - Volvió a preguntar Andrés.

– Sí. - Respondió Harold.

— ¿Puedo tomar un baño? Estoy todo sudado por el trabajo.

— Claro. - Intervino Anet, conduciéndolo hasta el cuarto.

Mientras Andrés se duchaba Luigi dijo.

— Ni siquiera me ha saludado, creo que lo primero que tenemos que hacer, es limpiarle la tierra de las uñas. - Haciendo referencia a la falta de delicadeza por haberlo dejado con la mano extendida.

Ambos hombres se sentaron en las sillas, que antes ocuparon. Harold y Andrés, con la diferencia de que ahora estaban juntas, dispuesta frente a la cama. Cuando el joven salió completamente desnudo. Anet y Emily se acercaron a besarlo. Andrés, correspondió el beso de Anet. Con Emily se comportó diferente, sujetó con una mano su boca, hizo que la abriera al apretarla fuertemente y le escupió dentro. Emily tragó y sonrió. Luego sujetó a ambas mujeres por su pelo y les hizo arrodillarse. Ellas sabían lo que tenían que hacer. Andrés vio detenidamente a Harold. Luego fijo su mirada en Luigi. Esta es la presa que tengo que cazar, se dijo Andrés y no apartó la mirada del invitado. Lo veía fija y retadoramente. Luigi entendió la mirada y aceptó el reto. Iba a comenzar a desvestirse. Antes de poder pararse de la silla. Harold lo detuvo y le dijo.

— Solo veremos hoy. Me has dado tu palabra de caballero.

— Pacta Sunt Servanda. - Respondió Luigi, se acomodó en la silla y cruzó las piernas.

11. ANDRÉS. LA HISTORIA.

El acto erótico, tiene un cortejo previo que puede ser elegante o vulgar. Todo depende de quien lo haga y de quien lo mire. Las mujeres normalmente tienen una capacidad innata para seducir, con la mirada, con la pose, con la sonrisa, hasta con el movimiento del cabello. Anet y Emily lo llevaban a un nivel superior. No descuidaban ningún detalle. Ni siquiera al desvestirse. Iniciadas como eran, no dejaban pasar por alto el más mínimo movimiento. Ni la pose de la mano en la caricia. Ni el caer de la ropa al desnudarse. Ni las formas de abrir las piernas en la entrega o de mover el cuerpo en el orgasmo. Lo mismo podía decirse de Luigi. Exquisito en las formas y en los placeres. Su holgura económica le permitía, satisfacer cualquier deseo. Ya sea en un Spa de lujo en Suiza, como en baratos burdeles de la India. De vivir en la misma época, Aristipo de Cirene de seguro sería su amigo. El despertar sexual, lo vivió con su padre. No fue un suceso que le causó trauma alguno, por el contrario, en la madurez llegó a agradecérselo. Lo hizo una mente más libre y desprejuiciada. Desde niño le gustaba leer, de ahí su gran cultura. Descubrió que, leyendo, no solo aprendería de Historia, Matemáticas, Arte y Filosofía. También aprendería de placeres y de aquello que los moralistas denominan, perversiones. Todo fue por casualidad. Un día cayó en sus manos un libro "Las Once Mil Vergas" de Guillaume Apollinaure, su protagonista Mony Vibescu. Mony, falo en rumano y Vibescu, sexo anal en argot francés. Recorre Europa acompañado de una prostituta. Esta historia que escandaliza a quien la lee, fascinó a La Cardenala. Llenó parte de su biblioteca personal con autores malditos: Sade, Wilde, Miller, Duras. Una vez en sus manos los devoraba. En su adolescencia se permitió ciertas libertades, que ya en la adultez pasó a ser libertinaje. Igual a Vibescu, podía yacer tanto con mujeres, como con hombres. Igual a Vibescu su predilección eran los hombres asiáticos, sobre todo los japoneses. Le encantaba la forma como gemían cuando los penetraba, solo un leve murmullo, casi inaudible. La forma como se sorprendían al ver el tamaño de su sexo y la mirada cuando los penetraba. La pose. La forma respetuosa al despedirse aun después de viles encuentros. Con los hombres latinos le sucedía una doble sensación, despertaban en él un morbo animal, pero los encontraba tan carentes de algo que él llamaba "Las exquisiteces". Siempre que los encuentros fuesen públicos, nunca abandonaba el rol activo. Solo en contadas ocasiones y en privado se permitía satisfacerlos como lo haría una mujer.

Andrés se ocupaba de las dos mujeres, sus encuentros previos le dieron cierta seguridad. En su mente rondaba la frase de Harold. "No te cohíbas y deja libre la imaginación". Mientras con su lengua y sus dedos satisfacía el sexo de Anet, sentada sobre su cara. Emily, disfrutaba de su pene. Él pensó, "En esta posición perderé de vista a la presa". Así que rápidamente giró. Tomó a Emily por las caderas y la colocó boca abajo. Lo mismo hizo con Anet. Mientras penetraba a la esposa de Harold, mantenía inmóvil a Emily aplastando su cara contra las sabanas. Todo esto lo hacía mirando fijamente a Luigi. Para él, Harold ya no existía. El belga se dio cuenta de esta situación. Dejó a Anet descansar y comenzó con Emily su encuentro. La obligó a que besara los pies y fuese subiendo. Al tenerla arrodillada frente a sí, le hundió las mejillas con una mano, obligándola a separar los labios y abrir la boca. Le ordenó que saboreara su pene y ella gustosa lo hizo. La tomó por las axilas, y la puso de pie frente a él. Ella intentó darle un beso, pero Andrés la detuvo, se le quedó viendo fijamente y le escupió la cara. Ella se mordió el labio inferior y le sonrió. Andrés lamía sus redondos y perfectos pechos, mordisqueaba sus pezones. Ambos perseguían darse placer. Él ya sabía que ella prefería sentir por otro orificio, sin delicadeza alguna entró en ella. La mujer comenzó a moverse, su cara mostraba esa sonrisa retadora y burlona. Esta vez no fue tan fácil. Y solo luego de un intenso forcejeo logró su cometido. Andrés salió de ella, justo cuando sintió que estallaría. Contó: uno, dos, tres, cuatro. Una parte del semen quedó como una fina nieve en la espalda morena de Emily. La otra, como un disparo certero, llegó justo a los pies de los hombres que desde su silla observaban.

12 ANDRÉS. LA HISTORIA.

— C reo que tomaremos un descanso. Les traeré Champan. - Dijo Harold.

— Excelente idea, imposible un momento mejor para eso. - Dijo Emily, alargando sus brazos hacia atrás y estirándose.

Anet no lo había notado, pero quedó acurrucada en el pecho de Andrés y con sus dos manos sostenía una de él. Luigi no pasó por alto este detalle. Se levantó de la silla y fue tras Harold.

— Te acompaño. - Dijo.

Ya estando solos, sirviendo la bebida, en la confianza de una amistad de años. La Cardenala habló directamente.

— Debe de tener algo especial, aunque yo no se lo veo. Hemos tenido chicos más guapos, cuerpos más admirables, de mentes más creativas y penes más atemorizantes (dijo esto último para romper la seriedad del momento). Recuerdas aquel muchacho, hijo del Cónsul, tan educado, tan discreto y al final resultó toda una sorpresa. El Dios Príapo lo hubiese envidiado. A todos nos sorprendió, hasta a ti, que podrías competir por el mejor falo de

53

la ciudad, te llevaba ventaja. Dominó a Emily en la primera entrega y ya eso es mucho decir. Nos sorprendía en todo sentido. Cuando llegó al final, tal fue la cantidad de semen que derramó que nos regó a los que estábamos en la cama.

— Como olvidarlo, siempre terminamos hablando de ese encuentro. - Dijo Harold.

—No recuerdo bien cuantos éramos esa noche.

— Los habitué. - Harold al igual que su amigo recordaban bien esa historia, pero siempre les agradaba, recontar a los asistentes. Seis sobre la cama y cuatro en el sofá.

— Emily y su marido. Tú y Anet, Yo y ¿Cómo es que se llamaba esa chica?, Ah, ya recuerdo, Camila. Nosotros seis en la cama. El embajador y el encargado de negocios junto a sus esposas en el sofá. Ese tímido chico satisfizo a todos y no una, sino varias veces. Fácilmente pasaba de ser un sátiro a ser una doncella. El primero en penetrarlo fuiste tú, si mal no recuerdo y después nos pidió que, entre ambos, le hiciéramos el Dos Romano. - Luigi esperaba que su plan causara efecto.

—Ya sé que pretendes Luigi. Quieres que me empalme y viole al chico. Pero no lo vas a conseguir. Me has prometido que solo veremos hoy. - Aclaró Harold, descubriendo las intenciones.

—Pacta Sunt Servanda. - Volvió a repetir Luigi.

La Cardenala quería tocar otro tema, pero decidió esperar para estar más seguro. El comportamiento afectuoso, casi amoroso de Anet con el joven, le preocupaba. La regla principal no podía incumplirse, por una parte, no existía necesidad de ello. Por otra, la experiencia había demostrado que los resultados siempre eran catastróficos. Esa regla era no apegarse a los invitados pasajeros y Andrés no debía ser la excepción.

—Por cierto. ¿Por qué me has invitado? Si solo querías que fuese un espectador.

No fue el esposo de Emily quien notificó a La Cardenala los escarceos en la casa del belga. Toda le responsabilidad de ser descubiertos, recaía sobre él mismo. Mientras más rápido compartiera a Andrés con la manada, más rápido desaparecería de su vida. De saberlo Luigi, no se preocuparía por los sentimientos de Anet con el nuevo juguete. Más poderoso y de seguro más letal, eran los sentimientos que el joven había sembrado en Harold y él a toda costa trataba de destruir.

— Tómalo como una simple cortesía. - Respondió el belga.

Regresaron a la habitación con las bebidas, al llegar encontraron a las mujeres tendidas en la cama conversando y al joven ya vestido.

— ¿Nos abandonas? - Preguntó Luigi amistosamente al joven.

— Debo irme a casa. - Respondió Andrés.

— Aún es temprano. Si te quedas un rato puedo llevarte hasta tu casa. - Luigi utilizaba un tono de voz que invitaba a la confianza.

—Ya le dije, debo irme. - Andrés, habló en el tono seco y autoritario que lo caracterizaba.

El joven caminó hacia la puerta de salida, Harold lo acompañaba, Luigi fue tras ellos. Al cerrar la puerta. Luigi le preguntó a su amigo.

—¿Cuánto te ha costado el espectáculo?

— Nunca ha aceptado dinero. - Le aclaró Harold.

— ¿No es un Scort?

—No, es un muchacho que trabaja en el puerto.

— ¿Por qué no se ha quedado?

— Nunca nos ha dicho. pero siempre se va temprano. Vamos a la habitación, las mujeres nos esperan. - Harold comenzó a caminar y Luigi lo siguió.

— Me entretendré con Emily. - Dijo Luigi.

— No te olvides de Anet. Juntos los cuatro, será más divertido. - Harold siguió caminando.

Al entrar a la habitación, brindaron con las mujeres. Los hombres comenzaron a desnudarse. Luigi se acercó a Anet y la besó en la boca. Harold se acercó a Emily e hizo lo mismo.

— ¿Qué haces despierta aun? - Preguntó Andrés a su hermana.

— No podía dormir. - Respondió la niña.

— ¿Dónde está tu hermano?

— Dormido en la habitación.

— ¿Y papá?

— Dormido en su cuarto.

— ¿Ya cenaste?

— No.

Andrés fue a la cocina y preparó algo de comer. Despertó a su hermano y los tres cenaron, viendo la televisión. Ya lo tenía claro, su padre era un hombre en el que no podía confiar.

Al día siguiente al salir del trabajo, mientras caminaba en dirección a la estación de buses. Un auto lujoso y moderno, redujo la velocidad cuando pasaba a su lado. Bajó la ventanilla y lo llamó.

— Hola Andrés.

El volteó y reconoció al conductor.

— Hola señor. - Respondió Andrés.

— Que casualidad que te he encontrado, sube necesito que me hagas un favor. - Dijo Luigi, abriendo la puerta.

Andrés se subió al auto.

13 ANDRÉS. LA HISTORIA.

Luigi mentía. Sabía a la hora que los obreros abandonaban el puerto. Solo tuvo que esperar, ver salir a la presa y atacar. Consiguió el primer paso. Ahora solo tenía que poner en práctica lo aprendido.

— Puedo acompañarte, pero debo llegar a casa temprano.

— ¿Tienes hermanos?

— Dos. - Respondió parcamente Andrés.

— Me hubiese encantado tener hermanos. Soy hijo único. Quede huérfano de madre a los seis años y terminó de criarme mi padre. Que después de mi madre, se casó y divorció varias veces. Así que puede decirse, que no sé lo que es el cariño materno. Aunque a veces tengo leves recuerdos de ella.

Andrés oía. "Al final quizás no sea una mala persona". Pensó.

— No tuve un mal padre, tampoco puedo decir que resultó el mejor. Pero hizo todo lo que pudo.

Andrés solo oía. Luigi habló todo el trayecto, la mayoría de las historias que contó, en realidad nunca sucedieron. Pero con ellas perseguía un objetivo.

– Hemos llegado a la casa de la playa. Debes disculpar, quizás la encontremos un poco desordenada, solo la utilizo los fines de semana. Cuando quiero escapar de la ciudad.

— Es tu casa. - Preguntó Andrés.

— Sí. - Respondió Luigi.

Andrés no se lo dijo, pero ya había estado allí. Era la misma casa que visitó con Anet.

— ¿Has comido? Estoy hambriento. Voy a preparar algo de comer. Puedes asomarte al jardín da a la playa. Solo tardaré unos minutos.

Andrés, pasó varias estancias y caminó directo a la puerta del jardín. De Luigi no estar pendiente de su plan, si no del joven, se hubiese dado cuenta, que Andrés ya conocía la casa. Preparó rápidamente unos entremeses y salió con dos refrescos. Sabía que el joven no bebía.

— Comeremos rápidamente y luego iremos a probar el bote ¿Te parece?

— Lo que usted diga. Respondió Andrés.

— Por favor no me trates de usted. Si vamos a ser amigos trátame de tú.

— Lo que tú digas. - Dijo el joven.

— Bueno ya hemos terminado. Vamos a probar el bote. Pero no podemos ir así. Creo que en el cuarto tengo algo que te pueda servir para estar en la playa. Ven sígueme.

 Cada palabra y cada paso. No eran nuevo para Luigi. Lo utilizaba constantemente. Era su estrategia y siempre daba resultado. La mayoría de las veces, terminaban con un joven desnudo, dejándose poseer a su antojo.

Al llegar a la habitación, abrió una gaveta y sacó de ella, varios trajes de baño y algunos pantalones cortos.

— Puedes medírtelos. Alguno debe servirte. Este no, es el mío.

Luigi tomó un traje de baño negro y comenzó a desvestirse. Andrés también se desnudó. Para La Cardenala ver al joven desnudo no sería nada nuevo y aparentó no prestarle atención. El joven si lo detalló. Una piel blanca, un cuerpo delgado, unas nalgas redondas y aún más blancas que el resto de su cuerpo. Un pene casi igual al suyo, pero circunciso y con un vello dorada bordeándolo. Andrés se colocó un traje de baño azul.

— Te queda muy bien. - Le dijo Luigi. — Pero creo que, si te lo acomodas así, te quedará mejor.

Se acercó, introdujo su mano dentro del traje de baño, sujetó el pene de Andrés y lo colocó de lado. Inmediatamente se produjo una erección, que resultaba imposible ocultar y amenazaba con dejar salir parte del miembro. Ambos hombres se vieron. Si eso era lo que estaba buscando, Andrés se lo daría.

— Ja ja. Creo que así no podrás salir. - Rió Luigi. — Mejor ponte esto.

 Se dirigió a la cama, le alcanzó un short rojo y se lo entregó. De haber continuado, solo hubiese conseguido satisfacer al joven mediante el sexo oral. Pero su objetivo era otro. Quería ser el primero en penetrarlo. Así que decidió esperar. Salieron al muelle, abordaron el bote, encendieron el motor y comenzaron a pasear por la playa. La inmensidad del mar, la brisa golpeando contra su cara, la soledad, llevó a Andrés a un estado de calma, casi de felicidad.

Apagaron el motor de la lancha y se lanzaron al mar. Nadaron un rato y regresaron al bote. Se sentaron uno frente al otro.

— ¿Desde hace cuánto conoces a Harold? - Preguntó Andrés.

— Desde hace mucho tiempo, somos amigos de aventuras.

— ¿De qué tipo de aventuras?

— De las que te estás imaginando. - Respondió Luigi y comenzó a contarle historias lúbricas. — Hemos tenido increíbles y buenas experiencias. Quizás la más increíble de todas, sucedió en el museo del Vaticano. Uno de los guardias se nos quedó viendo. Nos hizo una señal y lo seguimos. Entramos a uno de los salones vetados al público y en ese mismo lugar tuvimos un encuentro rápido pero excitante. No pudimos desnudarnos, nos pidió que sacáramos nuestras vergas y se encargó de ellas con soltura. De seguro no fuimos los primeros en profanar esa sala tan magníficamente decorada. ¿Conoces la historia de la Cena de las Castañas? - Luigi sabía que la ignoraba, esperó la respuesta del joven para contarla.

— No.- Respondió Andrés.

— Cuentan que el Papa Alejandro lV y su hijo, invitaron a una gran cena a Obispos y Cardenales, cuando hubo terminado, retiraron las mesas y entraron unas mujeres, cincuenta en total, que comenzaron a desnudarse, les ataron las manos a sus espaldas y regaron castañas por toda la sala, obligando a las mujeres a recogerlas con la boca. Aquello terminó siendo una completa orgía, donde intervinieron todos los asistentes. Duró toda la noche, tanto así que el Papa no pudo asistir al oficio del día siguiente.

Andrés oía la historia, pero no la entendía en toda su extensión. Era la primera vez que le hablaban de museos, castillos y sitios lejanos. Regresaron a la casa.

— Puedes ducharte, para que no te vayas así.

Andrés se introdujo al baño. Salió desnudo. Luigi se le quedó viendo y comenzó a tener una erección.

— Ja ja, debes disculparme por esto. - Señalándose el pene. — Pero resulta imposible que no suceda. Eres muy atractivo.

Entró al baño y se duchó. Salió vestido. Andrés también lo había hecho.

— Sabes, tengo una ropa nueva que no pienso utilizar. De seguro a ti te quedará bien. - Luigi sacó de las gavetas un par de camisas y pantalones sin estrenar, los guardó en una bolsa y se las dio.

Abordaron el auto y dejaron la casa. Paró en un centro de comida rápida y pidió tres raciones.

— Para que compartas con tus hermanos. - Dijo Luigi entregándoselas.

Se despidieron. Andrés pensó: "Realmente no es un mal tipo". Llegó a la casa. Su padre dormía en el cuarto y los hermanos veían la televisión. Después de cenar, se acostaron. Ya solo en la habitación, Andrés sintió una gran necesidad de masturbarse. Se acostó en la cama desnudo. Una mano llevaba un rítmico movimiento a lo largo del pene. La otra mano exploraba espacios que antes no se hubiese atrevido tocar. No pensaba en Emily, no pensaba en Anet, tampoco en Luigi, pensaba en Harold. Uno, dos, tres, cuatro. Limpió su pecho con una franela y se durmió.

14 ANDRÉS. LA HISTORIA.

A la mañana siguiente. Andrés revisaba el obsequio de Luigi. Se midió la ropa y todo le entallaba perfectamente. Le daba un aspecto distinto. Su reflejo en el espejo, mostraba a otra persona. Al final de la bolsa encontró un papel. Era la tarjeta de presentación del hombre, con su número de teléfono. Mientras tomaba café antes de ir al trabajo, tomó el celular, escribió un mensaje y lo envió. Luigi que aún no se había despertado por completo, estiró la mano, sujetó su teléfono y leyó,

"Gracias por el regalo. Todo me ha servido y gracias por el día de ayer.".

Pensó que Andrés no le escribiría, por lo menos, no tan pronto. Sonriendo escribió la respuesta.

"No, al contrario, yo soy el que debe darte las gracias a ti

por acompañarme".

Andrés leyó el mensaje mientras se colocaba la camisa y terminaba de vestirse. Antes de salir, recibió un nuevo mensaje. Esta vez era un mensaje de voz. Al abrirlo la voz de Luigi le decía "Por cierto, ten un bonito día".

De seguir así, todo ocurriría más rápido de lo esperado. La Cardenala dio media vuelta, acomodó la almohada y siguió durmiendo.

Los obreros entraban al puerto dirigiéndose a su zona de trabajo. Harold los veía pasar, cuando divisó a Andrés, alzó la mano en señal de saludo. Él se hizo el desentendido, lo ignoró y siguió caminando sin responder. Al medio día, a la hora del almuerzo, Harold se asomó al comedor y no lo encontró. Andrés prefirió quedarse a comer al lado de las grúas. Un mensaje nuevo entró a su teléfono.

"Espero estés teniendo un buen día". Reprodujo la máquina con la voz de Luigi.

La jornada llegaba a su fin y los obreros en masa abandonaban el muelle. Harold caminó entre ellos y alcanzó a Andrés. Lo sujetó por un hombro y lo detuvo.

— ¿Cómo estás? Te he buscado todo el día y no te he visto. - Dijo cordialmente.

Los hombres, que pasaban a su lado, se sentían sorprendidos. Nunca el jefe tenía conversaciones con los empleados fuera de la oficina.

— Estaba donde siempre, trabajando. - Respondió Andrés.

— ¿Crees que puedas venir a casa mañana?

Andrés pensó su respuesta, sabía lo que tenía que decir, pero se traicionó a sí mismo.

— ¿Tú quieres?

— Sí. - Dijo Harold.

— Ahí estaré. - Respondió Andrés.

El corazón tiene razones, que la razón no entiende. Al día siguiente, al terminar su turno de trabajo, Andrés se dirigió a la ducha de los empleados y comenzó a bañarse. Los obreros se desnudaban, rápidamente limpiaban su cuerpo y salían. Pero no todos. Juan, un mulato de la costa, siempre tardaba un poco más. Su gran musculatura estaba acompañada de un sexo que le hacía honor. Limpiaba todo su cuerpo, prestando especial atención a su pene, que, no llegaba a estar erecto, pero tan poco flácido. De vez en cuando veía al resto de los hombres. Andrés notó que uno de ellos le respondía la mirada. La misma mirada que tenían los que caminaban por el paseo de la playa en la noche. El mulato agarró su sexo con ambas manos, lo enjabonó, e hizo una señal, que el otro hombre respondió con un movimiento de cabeza afirmativo. Ambos abandonaron las duchas por separado, pero luego los vio caminar juntos, en dirección a la zona de las grúas, que ya a esa hora se convertía en un lugar abandonado. Esto debe ser más simple de lo que yo creo. Pensó Andrés. Secó su cuerpo, sacó una camisa y un pantalón con cuidado del bolso, guardó su ropa vieja y se vistió con lo que Luigi le había regalado.

Harold como siempre lo recibió en el jardín de la casa.

— Que elegante vienes hoy, te sienta muy bien esa ropa. - Dijo el belga.

— Gracias. - Respondió Andrés.

Pasaron a la habitación.

— No te sorprendas de lo que ocurrirá hoy. No te lastimaré. Harold se desnudó, el joven lo observaba. Debes desnudarte. - Agregó.

Andrés comenzó a desvestirse, cuando sintió el cuerpo desnudo de Harold rozar su espalda.

— Déjame ayudarte. - Dijo El belga, terminando de quitarle la camisa.

El corazón de Andrés, aceleraba su ritmo. Un ritmo que por

momentos era doloroso. Se quitó el pantalón y su ropa interior. Harold que se mantenía a su espalda pegó su cuerpo al de él. Andrés por primera vez lo sentía.

— Hoy te enseñaré algo, que podrás utilizar el resto de tu vida. - Le dijo Harold.

Andrés cerró los ojos. Cualquier cosa que sucediera sería nueva para él. Ya todo estaba dispuesto. Entró Anet con unas cuerdas. Los esposos, sentaron al joven en una silla y lo inmovilizaron sujetando los tobillos y las muñecas.

Harold comenzó a desnudar a su esposa con delicadeza. Soplaba sus ojos, su nariz, su boca. La besó tiernamente. Tomó sus manos y comenzó a soplar entre sus dedos. Tocó sus labios, sus orejas. Ella se mantenía de pie y el tocó su cuerpo con la punta de los dedos. Era una caricia diferente. Las yemas se convirtieron en las extremidades de una araña que se hundían con suavidad en la piel. La acostó y continuó recorriendo con la boca su cuerpo, de vez en cuando se detenía y dejaba un beso. Le abrió las piernas, besó la parte interior de los muslos, al encontrar su clítoris, adelgazó la lengua y comenzó a moverla igual lo hacen las serpientes con su cola cuando se sienten en peligro y avisan su presencia. Subió sus manos sin despegar su boca y al sentir los pezones los pellizco, varias veces. Tanto Anet como Harold, cumplían este ritual con los ojos cerrados. El hombre descendió hasta los pies de la mujer, sopló igualmente entre sus dedos y comenzó, primero a lamerlos, luego a chuparlos. Anet respiraba hasta llenar completamente sus pulmones de aire. Lamió sus axilas. Introdujo, primero un dedo, luego, dos y al final tres, los movía de forma circular dentro de ella. De vez en cuando rozaba levemente su ano. Andrés sentía que su pene se desgarraría, pero estando atado, todo sería inútil. La mujer, llenaba sus pulmones de aire y luego exhalaba lentamente. Harold ensalivó su pene erguido y lo introdujo con calma. Aunque Anet ya lo había sentido, siempre por su dimensión en un principio le resultaba doloroso. Comenzaron con un ritmo lento, siempre con los ojos cerrados. Anet agarró la nalga del hombre como una señal y este se separó, quedando ambos boca arriba en la cama. Anet mantenía su respiración, Llenaba sus pulmones en toda su capacidad y luego exhalaba lentamente. Harold comenzó a masturbarse y eyaculó. No fue un disparo, repetitivo, al contrario, su semen salía lentamente como la lava de los volcanes cansados, y resbalaba por sus dedos. Él se los llevó a la boca y probó su propia esencia. Ambos comenzaron a respirar y tener pequeñas convulsiones. Luego de unos minutos Harold abrió los ojos, lentamente se puso de pie. Desde lo alto vio a su esposa convulsionando. Le hizo una señal a Andrés de que guardara silencio. Transcurrido más de diez minutos. La mujer detuvo su movimiento incontrolable, estiro los brazos y abrió lentamente los ojos.

— Esto que has visto se llama Tantra y esos espasmos lo produce la Kundalinis. - Le dijo Harold al joven.

15 ANDRÉS. LA HISTORIA.

Anet, se reincorporó lentamente, regresaba de un viaje largo. Lleno de colores y estrellas. Se puso de pie, recogió su ropa. Le regaló una tierna sonrisa a Andrés, tocó su cara con la mano, salió de la habitación sin desatar al joven. Andrés sintió cuando cerró la puerta a su espalda. Solo quedaban Harold y él. El hombre desnudo estaba de pie, muy cerca. Él cerró los ojos, tratando de afinar el olfato, para lograr sentir el olor que lo embriagó el día que quedó dormido. No lo conseguía. Abrió los ojos, vio las manos del hombre y recordó verlo eyacular y luego limpiarse la mano con la lengua. Una parte de su cuerpo, tenía vida propia. La sangre, como un rio rojo y caliente, comenzó a circular. Su pene ya no podía contenerla. Tan erecto estaba, que el falo comenzó a temblar. Harold notó la situación en la que estaba el joven. Se acercó a su oído y le dijo.

— Cierra los ojos. Respira lo máximo posible, luego botarás el aire lentamente, solo piensa en tu respiración, siente cuando el aire entra y cuando te abandona. Posó su mano en una tetilla del joven y la pellizco suavemente.

Andrés cerrando los ojos comenzó a inhalar. Uno, dos, tres, cuatro, cinco, seis, siete, ocho, nueve, diez, once doce. Contaba mentalmente. Luego exhalo lentamente. Uno, dos, tres, cuatro, cinco, seis, siete y ocho. Harold descendió la mano, tocó los testículos del joven y siguió bajando, antes de llegar al ano se detuvo y presionó la piel. Andrés contaba. Uno, dos, tres cuatro, cinco, seis, siete, ocho, nueve diez, once, doce. Dejaba salir el aire de sus pulmones y contaba: Uno, dos, tres, cuatro, cinco, seis, siete y ocho. Harold, con la otra mano, tenía la intención de masturbarlo, quizás se permitiría otros excesos. Pero apenas sujetó el pene del joven, Andrés contó: Uno, dos, tres, cuatro. Eyaculó inmediatamente. Harold le hizo una pequeña caricia en su pelo. Lo desató y salió de la habitación. Andrés se sentía frustrado. fue al baño y estrelló la cabeza contra la pared, un fino hilo de sangre se grabó en su frente. Decidió darse un largo baño en la bañera. Un tiempo que   muy   silenciosamente,   dedicó   a   pensar.

No volverá a sucederme, se dijo a sí mismo , observando dentro de sí, como su inexperiencia, había dejado escapar, la oportunidad que tanto deseaba. Al salir, Harold se ofreció a llevarlo. Él no aceptó. Al llegar a casa le escribió un mensaje a Luigi.

"Hola Luigi, estás dormido"

"No, Andrés. ¿Todo bien?"

"Sí todo bien. ¿Sabes lo que es el Tantra?"

"Sí, por supuesto, soy un experto en ello"

"Puedes enseñarme"

"Por supuesto ¿Qué día quieres que nos veamos?"

"Mañana, ¿Te parece bien?"

"Sí, mañana estará bien"

"Gracias, hasta mañana"

" No gracias a ti. Ten buena noche"

Todo parece que será más fácil de lo que imaginé. Pensó Luigi.

No volverá a sucederme. Se repitió Andrés, antes de irse a dormir.

16 ANDRÉS. LA HISTORIA.

Andrés amanecía de buen humor. La frustración del día anterior, por no poder controlar su excitación y derramarse tan rápido, cambió a un estado de alegría. Podía ver que el vaso, estaba medio vacío o medio lleno. Decidió lo segundo. La situación cambia según la perspectiva que la miremos. Es cierto que apenas fue un brevísimo encuentro. Pero por lo menos, logró sentir de alguna forma a Harold. De no haber eyaculado tan rápido, de seguro, el encuentro hubiese permitido otras situaciones. Se prometió, que no le volvería a pasar. La próxima vez que estuviese a solas con el belga, lo haría sentir lo que él le hizo sentir a Anet. La mañana siguió con buenas noticias. Al llegar a la cocina, ya su padre tenía preparado el café. Había trascurrido mucho tiempo, que no despertaba temprano. Lo encontró, afeitado, se esmeró en peinarse y ya estaba vestido.

— Buen día hijo. ¿Te sirvo café?

— Sí. ¿Qué haces levantado tan temprano? - Fue el saludo de un Andrés sorprendido.

— Creo que ya está bien, que esté en el fondo del barril, voy a tratar de salir de ahí. Buscaré empleo.

— Me alegra mucho papá. Eres un hombre joven. Pero no debes ir a buscar empleo con esa ropa tan vieja. - Andrés fue a su cuarto, se dirigió al mueble donde guardaba la ropa, sobre él reposaban varias fotos, una de ellas cuando él era un niño y su padre lo cargaba. Abrió la gaveta y sacó el otro pantalón y la otra camisa, regalo de Luigi, regresó a la cocina y se la entregó. - Con esto, verás mejor. Le dijo.

Esteban, era descendiente de Guanches, lo cual lo unía genéticamente con los bereberes del norte de África. De ahí su contextura gruesa. A los veinte años ya formaba familia con Luisa quien apenas había cumplido los dieciséis años. Andrés fue el primero de sus hijos. Dos años después nacería Marcos y por último Elena. Pasaba por ser un hombre muy atractivo, pero también muy solitario y poco sociable. La pérdida del empleo y toda la carga que ello conlleva lo llevó a una depresión, que lo mantenía en la inercia. Hoy reconocía que tenía un problema y ese era el primer paso para resolverlo. Ahora saldría a la calle y trataría de reincorporarse de nuevo a ella.

Al llegar al puerto, Andrés divisó que Harold supervisaba la asistencia de los obreros desde su oficina. Él notó como el hombre alzaba la mano y lo saludaba sonriendo. "Quizás no esté controlando la entrada, quizás esté esperando que yo pase para saludarme". Pensó Andrés. Metió las manos en los bolsillos del pantalón, enderezó la postura y comenzó a silbar mientras caminaba a su puesto de trabajo. A la hora del almuerzo se tropezó con Anet, que resolvía unos asuntos, ella le sonrió y guiñó un ojo. La comida siendo la misma, tenía un mejor sabor, el día era más diáfano. Cuando termino la jornada, mantenía el buen humor. Salió erguido y silbando del muelle. Al llegar a la calle. El auto de Luigi lo estaba esperando, corrió a él, entró, cerró la puerta y comenzó la marcha.

— Te veo diferente hoy, podría decirse que más risueño. Dijo

Luigi.

— Sí, me he despertado con una buena noticia. Mi padre, salió a buscar empleo hoy.

— No sabía que tu padre estaba desempleado.

Andrés le contó la historia.

— Déjame hacer unas llamadas, puedo ayudarte con eso. Conozco a varios amigos aquí en la zona, que de seguro nos echarán una mano.

— Gracias. - Respondió Andrés. — Puedes hablarme del Tantra, - agregó.

— Te puedo hablar de lo que quieras. Me agradas. - Dijo Luigi mientras conducía camino a la casa de la playa. Le diría cualquier cosa, con tal de lograr su objetivo. Quería ser el primer hombre en entrar en el joven. Ver la expresión de su cara, al hacerlo sentir como acababan dentro de él. Lo dejaría marcado. No siempre se tiene un virgen tan masculino, desnudo al otro lado de la cama.

La casa de la playa era el centro de reunión de la pandilla. Un grupo de profesionales exitosos, que tenían en común su libertinaje sexual. Podían utilizarla todos juntos o solos, en el caso de no querer compartir la presa. Las nuevas parejas solo se la podían reservar para los primeros encuentros, después debían compartirla, así evitaban que creciese algún vínculo que estropease, lo que tanto les costó construir.

— El sexo no es más que un juego, en el cual debes tomar precauciones, para no contraer una enfermedad que te complique la vida o un embarazo no deseado, que te la arruinará de igual forma. Cada quien lo disfruta a su manera. También puedes reflejar en él, tus carencias. Anet, por ejemplo, le gusta ser golpeada, su falta de autoestima la hace refugiarse en ello. Emily es ignorada por su esposo, por eso trata de llamar la atención de los demás hombres complaciendo los más bizarros deseos y así generar celos en su marido, quien, para serte franco, está por encima de eso. Harold, por su parte ya ha vivido tanto que ha encontrado en el Tantra su refugio.

— ¿Y tú? - interrumpió Andrés.

— Yo soy, un culto, simpático, atractivo y millonario, hijo de las mil putas. - Dijo esto y comenzó a reír. Luego agregó. He inventado el Tantra- Sade, una mezcla de sensaciones suaves, estimuladas por lo que yo llamo, las exquisiteces, pero de eso te hablaré luego.

— Debes de saber mucho. - Andrés de forma extraña conversaba, como si conociese a Luigi de años.

— Viajo desde los dieciséis años y tengo más de cincuenta. Nunca me dejé llevar por las normas y siempre fui arriesgado. Así que ya te podrás imaginar.

— A veces pienso que todo es tan fácil. - Dijo Andrés.

— No solo es fácil de imaginar, si no también fácil de satisfacer. Solo debes de salir a la calle y de seguro alguien te ofrecerá lo que buscas.

— ¿Tendrás muchas historias? - Andrés estaba fascinado ante la personalidad de Luigi.

— Tú también las tendrás a su tiempo.

Andrés rápidamente hizo un recuento de las situaciones vividas en apenas unos meses. El hombre en el camino de la playa, que, sin mediar muchas palabras, se arrodilló frente a él y no se separó hasta tragar la última gota. Los dos jóvenes peleándose por probar su pene. Anet y Emily, sobre su cuerpo. Harold desnudo tocándolo hasta ponerlo erecto y hacerlo estallar. La escena del baño con el mulato, ofreciendo su verga y el otro hombre aceptando solo con un gesto. Luigi tenía razón. De tener amigos, ya podía sentarse a narrar historias.

— Te contaré algunas. - Siguió Luigi. — En una ocasión nos encontrábamos en la residencia de un gran empresario japonés. El grupo invitado fue escogido con mucha cautela, sabiendo que todos guardarían la discreción. Comenzamos a beber y no se nos permitía salir de la habitación, las horas transcurrían y de pronto, el anfitrión comenzó a orinarse sobre la ropa, después de él, todos siguieron sus pasos. Podías notar como la ropa se humedecía. Yo me dejé llevar y me oriné encima. Me resultó más risible que placentero. A esa conducta los japoneses lo denominan "Omorashi". - Luigi, miró la cara de sorprendido de Andrés, rió y continuó. — La orina da para divertirse mucho, los americanos lo denominan Watersport o deportes acuáticos. Luego te contaré otras historias, hemos llegado.- Estacionaron el auto dentro del estacionamiento y cerraron la puerta. Entraron a la casa.

— ¿Quieres beber algo? El Tantra permite que bebas.

— Prefiero no hacerlo. - Respondió Andrés.

— Imagino que no fumas y menos cigarrillos especiales.

— Debo resultar muy aburrido, pero tampoco fumo.

— ¿Te molesta si yo lo hago? - preguntó Luigi.

— No.

Luigi se dirigió hasta la mesita de noche al lado de la cama y sacó un cigarrillo de marihuana, normalmente solo lo inhalaría cuatro o cinco veces, pero tenía un plan y lo pondría en marcha. Encendió el cigarrillo y lo fumó cuatro veces y lo dejó encendido. El cuarto quedó impregnado de una niebla con un característico aroma. Debemos desnudarnos. Andrés comenzaba a sentirse un poco mareado por el olor. Se quitó toda la ropa y quedó quieto. Luigi hizo lo mismo. Regresó a la mesita de noche y volvió con un pequeño bolso de mano. Se le acercó al oído, calculó que la mano del joven rozara su pene al estar cerca. Luego le dijo.

— Tranquilo, no te haré daño.

La misma frase dicha por Harold, pero de conocer a Luigi, sabría que no era cierto. Por la mente de la Cardenala pasaban las mil formas que utilizaría para desvirgarlo. Continuó con su plan. Le enseñó la técnica de la respiración. Inhalar, rápida y profundamente. Exhalar lentamente. Estar pendiente de la respiración. Sentir la energía en la yema de los dedos y distribuirla por todo el cuerpo y al estar próximo al orgasmo, separarte de tu pareja.

Quedar quietos, respirar y aceptar los espasmos, como el premio de haber alcanzado el objetivo. Andrés oía con atención. Se encontraba completamente relajado. Su habitual sentido de protección se alejaba de él. Luigi lo sentó con las piernas cruzadas y el hizo lo mismo sentándose frente a él, tan cerca que sus rodillas se tocaban, luego recordó que pasaba por alto un gran detalle, sacó del pequeño bolso la cinta negra y la ató alrededor de los ojos de Andrés.

— Haz lo que yo hago. - Ordenó Luigi.

Comenzaron a tocarse, los ojos, la nariz, la boca, los brazos, al llegar a la espalda, las manos volvieron a ser arañas que hunden suavemente sus extremidades en la piel. Se acercaron y olieron sus cuellos. Luego respiraron el aire que el otro exhalaba. Luigi empujó suavemente a Andrés y este quedó acostado sobre la alfombra, le extendió las piernas, las separó y se sentó entre ellas. A estas alturas, ya ambos penes estaban erectos. El de Andrés mucho más duro y firme, quizás por la diferencia de edad, quizás por lo nuevo de la situación. Luigi abrió los ojos y lo observó. Andrés con los puños cerrados, luchaba por mantener controlada la respiración y los pensamientos. Lo primero lo lograba, lo segundo no. La imagen de Harold venía a visitarlo. En otra ocasión será él. Pensó. Siguió respirando. Luigi sabía que no debía hacerlo, pero la tentación resultó más fuerte, sujetó el pene del joven, deslizó la mano hasta que el glande quedara libre del prepucio y se lo llevó a la boca. Andrés respiró profundo, los dedos de sus pies se contraían. Luigi lubricó su pene. Separó las piernas de Andrés, cuando estaba a punto de rozarle con su miembro, desde la sala, oyó, que la puerta se abría. Inmediatamente se puso de pie, se cubrió con una toalla y fue hasta la entrada de la casa.

— ¿Qué haces aquí? Que susto me has dado.- Dijo el esposo de Emily. — No sabía que la casa estaría ocupada.

— No podía comunicarlo al grupo, nadie debe enterarse. Dijo Luigi.

— ¿Con quién has venido? ¿una chica o un chico? - Dijo Jork en complicidad.

— Un chico.

— Yo he venido con una chica. ¿Quieres que seamos cuatro o prefieres estar solo?

— Prefiero estar solo.

— Me tocará irme a un hotel.

— Está de más decirte que guardes el secreto. - Pidió Luigi.

— Lo mismo te pido. De enterarse Emily no me perdonaría que no la haya invitado. - Jork, dio media vuelta y de manera despreocupada se marchó.

Al Luigi regresar a la habitación, ya Andrés estaba vestido.

— Debes disculparme, podemos continuar o si prefieres dejarlo para otro día. - Luigi esperaba que la respuesta del joven fuese afirmativa. De seguro ambos pasarían un buen momento.

— En realidad no me siento bien, tengo náuseas y mareos. Prefiero que continuemos otro día. - Respondió Andrés.

Realmente no le mentía a Luigi, una sensación desconocida, lo arropaba. No solo era un malestar físico. La mente jugaba con él, creándole ilusiones. Con sus ojos vendados, en esa oscuridad. Sentía la mano de Harold. "De ser la primera vez, quiero que sea con él". Se dijo mentalmente.

17 ANDRÉS. LA HISTORIA.

—T engo mucha hambre, paremos a comer algo. Yo invito. - Dijo Luigi deteniendo el auto, en un negocio de comida rápida, especializado en hamburguesas.

Descendió del auto y se dirigió al restaurante. Al darse cuenta que el joven no lo seguía, dio media vuelta y le hizo señas. Andrés, se sentía apenado y confundido. Por primera vez entraba acompañado de un hombre a un restaurante. Un hombre con el que apenas minutos antes, se hallaba completamente desnudo, excitado, tocándose. ¿Podrían las personas descubrirlos al verlos juntos? Se preguntaba. No le sucedería a él, lo mismo que les pasaba a otros, cuando al caminar por la calle del puerto, sus compañeros de trabajo comenzaban a silbar y bromear, por la evidente preferencia sexual y la actitud femenina del visitante. Luigi volvió a llamarlo y él decidió salir. Juntos hicieron la fila y al llegar a la caja registradora. El hombre pidió la comida, agregó un postre, canceló y subieron al primer piso a comer, teniendo desde ahí una mejor vista a la calle.

— Te veo muy tímido. - Pregunto Luigi.

— Todo esto es nuevo para mí. - Respondió Andrés.

— ¿Comer en un sitio como este es nuevo para ti?

— No, el entrar acompañado con un hombre, con el que he estado desnudo.

Luigi rió, ya sabía lo que le sucedía y no era nada nuevo.

— Presta atención a lo que diré. - Comenzó hablar con una voz melodiosa. –

"La consumación de su placer ilícito tuvo lugar. Se levantaron del lecho y se visten rápidamente, sin hablar. Salen separados ocultamente de la casa; y mientras caminan con cierta inquietud por la calle, parece como si sospecharan que algo en ellos traiciona a qué clase de lecho cayeron hace poco".

Recuperó su habitual tono y continúo hablando. — Lo que te acabo de recitar es un poema de Cavafi, un poeta griego que vivió hace cien años. Describió lo mismo que te sucede a ti hoy. Sientes como si todos te estuviesen viendo y juzgando. Libérate de eso. Tienes una sola vida y te pertenece a ti, no a ellos.

La Cardenala, entendía al joven, uno de sus primeros encuentros homosexuales, cuando estos aun eran ocultos y clandestinos, lo vivió con un primo, al cual le tenía mucho afecto. A diferencia de los suyos, los padres del joven eran muy religiosos y severos. El primo, no supo manejar la situación y termino suicidándose al ser descubierto.

— Andrés tienes solo esta vida. Exprímela, sácale todo el jugo y bébetelo. El tiempo pasa muy aprisa, mañana tendrás mi edad y pasado mañana estarás muerto. Puedes hacerlo todo. Solo debes de tomar las precauciones para que un momento de placer no se convierta en un abrazo de la muerte. - Luigi esta vez hablaba en serio. muy en serio. — ¿A quién le hiciste daño con lo sucedido hoy en la casa de la playa? Si hubiese ocurrido algo más. Tampoco le hubieses hecho daño a alguien.

Andrés lo oía, quizás tuviese razón, pero como siempre por un motivo al que no le hallaba explicación, pensaba en Harold.

— ¿Cómo conociste a Harold? - Preguntó Andrés, sin demostrar todo el interés que despertaba en él, oír la respuesta.

— Es una buena historia. Yo estaba firmando unos contratos en el puerto y nos alojábamos en el mismo hotel. El venía de Francia, representando a una compañía marítima y debía dar unas conferencias. Topamos varias veces en el gimnasio. Desde que lo ví, me impresionó su porte. Una mañana, esperé que terminara de entrenar y lo seguí al baño. Cuando entró a las duchas, entre tras él y cerré la puerta. Se podía oír como salían y entraban personas al baño. Él entendió todo y comenzamos a besarnos. Él se arrodilló y puedo decirte que es un experto no solo con su boca, también con su garganta. Se puso de pie y yo le di media vuelta, él pegó su cara contra la pared. Cuando sintió que mi pene quería entrar, se giró, sujetó mi cuello. Me tapó con ambas manos la boca. Y me dijo. – "Si no quieres que se forme un escándalo, déjalo que entre. Me abrí las nalgas con mis manos, en señal de que aceptaba. No fue fácil complacerlo. Ya has visto lo que se guarda entre las piernas. Para serte franco, no me imaginé que así sucederían las cosas. Pero yo me lo había buscado y no pretendía echar a perder el momento. Nos hicimos amigos. Pasamos del amor erótico a lo que los griegos denominan *Philia*. Al poco tiempo, la compañía lo trasladó a este país. Llegó con su esposa Anet, le presenté a los amigos. Y poco a poco se formó el grupo que estás conociendo".

Luigi acomodó la historia, omitiendo un hecho importante, que no le contaría a Andrés.

— ¿Alguna vez se ha comportado como una mujer? - Preguntó Andrés.

La Cardenala comenzó a reír de buena gana.

— Tienes mucho que aprender Andrés, aquí nadie se comporta como una mujer. Ambos somos hombres. Cuando te acuestes con un hombre, no veas en él a una mujer, ve a un igual. Y respondiendo a tu pregunta. Insistí muchas veces, pero nunca se dejó. Creo que Harold aún se pierde la mitad de la fiesta. Por cierto, no hemos hablado de ti. ¿Hasta dónde has llegado con un hombre?

Andrés guardó silencio. En realidad, no tenía mucho que contar. Luigi respetó su privacidad y no siguió indagando. Terminaron de comer, como siempre compró comida para llevar y se la dio al joven, para sus hermanos. Andrés al llegar a casa. Encontró al padre ensimismado sentado en el sofá.

— ¿Cómo te fue hoy?

— Creo que no muy bien.

— Tranquilo, todo se solucionará.

Andrés terminaba de decir estas palabras cuando recibió una llamada. Era Luigi, no quiso responderla hasta estar fuera de la casa.

— Hola ¿Qué sucede?

— Disculpa, pero no olvidé lo de tu padre. Llamé a unos amigos. Dile que se presente mañana a las ocho de la mañana en la sucursal del Banco Internacional, en la avenida cuatro. Lo estarán esperando.

— Gracias Luigi.

— Por nada Andrés, ten una buena noche.

— Igual, para ti. Al cerrar la llamada, Andrés pensó, que Luigi era el primer amigo que tenía.

18 ANDRÉS. LA HISTORIA.

Pandora abre la caja que le han pedido mantenga cerrada y escapan todos los bienes, solo queda escondida en el fondo, la esperanza. Por eso se dice que la esperanza es lo último que se pierde. Andrés con una mentalidad más positiva, le agregaba a ello, buena energía. Al recibir la noticia de Luigi, se la comunicó a su padre. "Todo mejorará, no siempre serán malos tiempos". Se repetía como un mantra. "Hoy he vivido un buen día". Se dijo. Al estar en la cama, comenzó a tocarse por encima de la ropa. La experiencia del Tantra, dejó en él la necesidad de descargarse. Inmediatamente su pene creció. Retiró toda la piel que lo recubría y lo frotó contra la sábana. Sonó su teléfono. Nervioso, como si hubiese sido descubierto dejó de tocarse. ¿Quién lo llamaría a esta hora? Revisó la pantalla y leyó el nombre de alguien a quien conocía. Jamás pensó que hablaría con él tan tarde.

– Hola.

— Hola Andrés, no he podido dejar de pensar en ti. - Se oyó decir a una voz masculina.

Andrés estaba sorprendido, cuando lo vió la primera vez, Entendió que debía dominarlo, pero sus sentimientos estaban cambiando por los acontecimientos.

— Hola Luigi, ¿cómo estás? - Respondió Andrés, en voz baja para evitar ser oído en su casa.

— Ya te lo dije, no he podido dejar de pensar en ti. Creo que la experiencia inconclusa del Tantra me dejó con ganas de explotar.

— A mí me sucede lo mismo.

— ¿Estás en tu cama? - Preguntó Luigi.

— Sí.

— ¿Te estabas tocando?

— Sí. - respondió Andrés, con cierto morbo.

— Síguelo haciendo, yo también estoy acostado en mi cama y hago lo mismo.

Andrés obedeció y comenzó a tocar sus testículos.

— Fue muy agradable sentir, el sabor de tu pene. Lo tenías tan duro que no pude evitar tocarlo de esa manera. Imaginé la forma como acabarías.

Andrés cerró los ojos, dejo de hablar, solo escuchaba al hombre, mientras su mano se deslizaba en rítmico movimiento. Arriba y abajo. una y otra vez. Luigi prestó atención a lo que oía, no era un murmullo, era un jadeo.

– Imagina que no es tu mano, imagina una boca, imagina que lo estás introduciendo y te piden que pare, que duele. No haces caso y sigues insistiendo hasta que sientes que ya has llegado hasta el fondo, imagina cómo se retuerce de placer. De seguro lo dejarás satisfecho. Sabes hacerlo. Te he visto. Yo de imaginármelo creo que estoy a punto de estallar, al igual que tú, estoy en mi cama tocándome. - Luigi oía más claramente como el joven jadeaba. — ¿Vas a llegar? Yo también. Piensa donde te derramarás.

Andrés cerró los ojos fuertemente, sintió cómo se descargaba e imaginó la espalda de Harold cubierta con su semen.

— ¿Llegaste? - Preguntó Luigi.

— Sí. - Respondió Andrés.

— Igual yo, iré a ducharme.

Andrés cerró la llamada y se dirigió a la ducha a limpiarse el pecho. Luigi estacionó el auto y entró al restaurante. Le había mentido al joven, el sexo telefónico le aburría. Para él, era algo de novatos.

19. ANDRÉS. LA HISTORIA.

Luigi entró al restaurante y se dirigió a la barra. El local era visitado por una fauna variopinta: Ejecutivos, artistas, deportistas, modelos, acompañantes de lujo. Tanto los hombres, como las mujeres, tenían algo en común, todos eran ricos y casi todos se conocían. Se unió a un grupo y comenzó la cacería. Hoy parecía ser uno de esos días en que nadie le resultaba interesante. Lo invitaron al baño a oler una línea. Pero lo rechazó, ya tenía mucho por hoy, con el cigarrillo fumado en la casa de la playa. Bebió un par de tragos y mientras oía hablar, su mente viajaba a otro mundo y a otra época. No siempre fue un demonio, antes de llegar a eso, fue un animal herido. Recordó a Luke, frente a este nombre resultan inútiles los intentos del olvido. Él tendría como treinta años cuando visitó Tailandia. Su primera parada la hizo en Bangkok. En la recepción del hotel, le recomendaron visitar el Wat Arun o Templo del Amanecer a primera hora de la mañana, construido en mil setecientos sesenta y ocho, conservaba muy bien toda su magnífica belleza. Al llegar, vio a un joven de aproximadamente veintidós años, meditando con los ojos cerrados y en silencio. No pudo apartar la mirada de él. La forma de los labios, las líneas del cuello, su delgado cuerpo que lo hacía parecer un chico. No lo conocía y sintió una conexión inmediata. Esperó que terminara y cuando abrió los ojos, se le acercó. No hubo necesidad de palabras. Luke le sonrió y comenzaron a andar juntos por el distrito de Bangkok Yai. Se sentaron en un banco del paseo y contemplaban los barcos navegar por el rio Chao Phraya. Luigi sintió como con un dedo del joven, le rozó el dorso de la mano. Caminaron hasta el hotel, subieron a la habitación. Luke siempre guardó silencio, solo dibujaba una tímida sonrisa, parecía estar siempre avergonzado. Cuando se desnudó, mostró un cuerpo extremadamente frágil. Luigi con su sexo, de seguro le haría daño. El encuentro empezó, como todos los demás, el chico se arrodilló y él le sujetó la cabeza con ambas manos. Los labios comenzaron a recorrer su sexo. El joven con su mano, se abrió camino entre las piernas del extranjero e introdujo un dedo separando suavemente las nalgas. Luigi sentía un doble placer. Su pene se endureció aún más. El joven se puso de pie, pasó sus brazos por el cuello del hombre, se aferró a la cintura con sus piernas y hundió la cara en la mejilla del recién conocido. Luigi, con una mano dirigió su pene y lo ensartó. Era tan delgado que podía cargarlo con facilidad. Lo recostó contra la pared, sin separarse de él. Ambos se movían, ambos se procuraban placer. Lo llevó a la cama, pensaba seguir penetrándolo en esa posición, pero Luke, hizo que se acostara y se sentó sobre él, dándole la espalda. Luigi quedó quieto, mientras el chico lo cabalgaba. Le dio media vuelta y continuó, pero ahora viéndole la cara. Luigi pensó, "Puedo morir justo en este momento y tener una muerte feliz". Los sentidos, lo llevaron a un viaje que no ha vuelto a repetir. El chico se separó de él. Se apoyó con sus brazos y piernas sobre la cama. Luigi se puso de pie sobre la alfombra que cubría todo el piso del cuarto. Sujetó al joven por las caderas, volvió a introducir su pene. Esta vez lo retiraba por completo y de nuevo lo introducía, lo retiraba por completo y lo introducía, una y otra vez, una y otra vez quedó quieto y ahora era Luke quien se movía. Ya no podían contenerse más. Luigi se abalanzó sobre la espalda del joven, quedando acostado sobre él. Le tapó la boca, le sujetó el cuello con una mano y hundió su cara en la mejilla del tailandés. Ambos explotaron. Luigi dentro del chico. Luke sobre las sabanas. Los encuentros se repitieron una y otra vez. Cada uno más compenetrados, pasaban las horas y no lo notaban. Luigi quedó dormido. No se separaron ni una sola vez, pero cuando se despidieron, lo hicieron para siempre. Al despertar, la habitación estaba vacía. Luigi revisó sus documentos y su dinero, no faltaba nada, al lado de su equipaje encontró una pulsera con cuentas de falso jade que le habían dejado como recuerdo. Ya no lo tenía a su lado. Pensó que sería solo un encuentro más. Pero después de tantos años, aun lo recuerda. Terminó de beber su trago, pagó la cuenta y se despidió. Recorría la ciudad sin rumbo. Sin notarlo pasó por la calle donde metamorfosean las orugas y se convierten en mariposas. Disminuyó la velocidad, varias se acercaron a ofrecer sus servicios. Se sintió tentado a subir a un par de ellas y continuar juntos la noche, pero desistió. Esa noche, durmió solo. Volvió a pensar en Luke. "Frente a ese nombre, se hacen inútiles los intentos del olvido".

20 ANDRÉS. LA HISTORIA.

Un auto se detuvo, bajó la ventanilla, sonó la bocina y desde su interior saludaban. Andrés que caminaba por una de las vías del puerto, donde se encuentran las hileras de almacenes, se acercó.

— Hola Andrés.

— Hola Anet. - Respondió.

— Te he visto a lo lejos y decidí saludarte.

— Creo que te ha enviado el destino, quería pedirte un favor.

— Claro, con todo gusto. ¿De qué se trata? - Preguntó la mujer

— ¿Puedes enseñarme Tantra?

— Claro no hay ningún problema, le diré a Harold.

— Prefiero que él no se entere.

Anet meditó su respuesta, una de las claves para el funcionamiento de su matrimonio, radicaba en la confianza y la falta de secretos. Algo así, no podía hacerlo sin el consentimiento de su marido.

— Mañana a la hora del almuerzo, Harold no estará en casa. - Dijo la mujer, luego de mentalmente idear un plan.

— Mañana a la hora del almuerzo, estaré ahí. - Respondió Andrés.

Al llegar a casa, Elena lo recibía con un nuevo miembro en la familia, un pequeño gato.

— Me lo ha regalado papa. - Dijo la niña.

— ¿Qué nombre le vas a colocar? - Pregunto Andrés.

— Borija - Respondió decididamente su hermana.

Esteban salió a su encuentro de muy buen humor. Una energía más calmada lo envolvía.

— ¿Cómo estás, papá?

— Bien, me han dado el empleo, comienzo mañana.

Padre e hijo se abrazaron. "No siempre serán malos tiempos. Todo mejorará", pensó Andrés.

A la hora del almuerzo. Andrés ya se encontraba frente a la casa del belga. Anet al divisarlo, abrió la puerta y lo hizo pasar rápidamente.

— ¿Harold te ha visto venir?

— Ha pasado toda la mañana en el sector de las grúas. - Respondió el joven.

— Estás todo sudado, dúchate rápidamente. Un buen Tantra comienza con los cuerpos limpios.

Andrés había pasado la mañana descargando la mercancía de los barcos, no le dio oportunidad de bañarse en las duchas para los obreros. Decidió no perder tiempo, e irse así. Obedeció a Anet, se desnudó rápidamente y fue al baño. La mujer lo detalló. Ancha espalda, unas nalgas pequeñas, pero firmes y redondas, las piernas no llegaban a ser gruesa, pero tampoco eran delgadas. Realmente es un cuerpo hermoso, pensó.

— ¿Puedo hacerte una pregunta? - Dijo Anet.

— Claro. - Respondió Andrés.

Anet no pudo formular la pregunta. Comenzó a reír sin parar. Andrés se contagió de la risa y también comenzó a reír sin saber el motivo. Cuando dejaron de hacerlo. El joven preguntó.

— ¿Qué sucede?

Anet quiso hablar, pero la risa volvió a impedírselo. Andrés volvió a reír con ella. Cuando se calmó le dijo.

— ¿Por qué es así? Señalando el pene.

— ¿Así cómo?

— De otro color de piel, más oscuro. Es un pene digno de un museo, pero me extraña esa diferencia de color.

— Pues no lo sé. Lo que te puedo decir es que siempre se notaba más que el del resto de los niños. Mi padre jugando, siendo yo un niño, me llamaba "guevodehombre"

Los dos volvieron a reír. Anet ya había iniciado la lección sin que Andrés supiese. La clave para el Tantra es divertirte y ser feliz. Una buena dosis de risa, siempre cae bien para comenzar. No se quedaron en la habitación. Se dirigieron a la sala.

— Imita lo que yo haga. Controla la respiración y recubre todo tu cuerpo con una energía. Hoy te enseñare a perderte en los ojos de otra persona. No sentirás espasmos, al contrario, si todo sale bien, encontraras respuestas. Debes llegar dentro de mí y no separarte una vez lo hayas hecho. Por favor, cuando sientas que estás eyaculando, ve fijamente mis ojos y siente mis latidos.

Ambos se sentaron con las piernas cruzadas, uno frente al otro. Comenzaron a tocarse los cuerpos, a olerse. Todo ocurría igual al encuentro con Luigi, pero esta vez, los ojos no estaban vendados y podían verse. Andrés recorría el cuerpo de Anet, con la punta de sus dedos, como la brisa que mece las altas hierbas. Se detuvo en sus hermosos senos. Los tocó, quería besarlos, pero sabía que no debía hacerlo. Solo cuando sintió que la mano de la mujer agarraba su pene ya erecto, él se atrevió a introducir un dedo lentamente en su sexo, y sintió, como estaba cálida y húmeda en su interior. Acercaron sus caras y no se besaron, comenzaron a inhalar el aire que el otro exhalaba. Anet se sentó sobre Andrés y se penetró ella sola, con los talones de sus pies, tocaba el coxis del joven. Una mano le sujetaba la espalda y la otra descansaba en el pecho justo donde el corazón latía. Andrés hizo lo mismo, con sus talones tocaba las nalgas de la mujer, con una mano le sostenía la espalda y con la otra sentía los latidos del corazón. No se movieron, ambos veían, en el interior de los ojos del otro. Andrés eyaculó, pero esta vez no contó. Anet tampoco lo hizo. Ambos se habían perdido en un viaje a través de la mirada del otro. Esa comunión, dejó escapar en cada uno, una lágrima. Andrés había visto el amor. Anet también, pero no a ella. Harold espiaba desde la ventana.

21 ANDRÉS. LA HISTORIA.

arold, se alejó de la ventana, Anet prestó atención a la sombra que se movía detrás de la cortina. Se separó de Andrés, retirando de su cuerpo, el pene del joven que ya se hallaba flácido. Andrés no se duchó. Al salir de la casa y caminar una cuadra, se encontró con el auto de Harold que venía en su dirección. Este se detuvo a su lado, y bajó la ventanilla.

— ¿Es una coincidencia o tienes algo que decirme? Sube. - Le ordenó su jefe.

Andrés subió al auto una extraña sensación recorrió su cuerpo, como si de pronto enfermase, como si el alma lo hubiese abandonado.

— ¿Qué haces por aquí? - Preguntó el belga, sujetando fuertemente con ambas manos el volante tratando de contenerse.

— Estaba en su casa. - Respondió Andrés.

— ¿Se puede saber qué hacías en mi casa?

— Le pedí a Anet, que me enseñara Tantra.

— ¿Y ella accedió?

— Sí. - Andrés no podía mentir, recordó la frase de Anet. "La relación se basa en la confianza".

— ¿Y qué posición te ha enseñado?

- Me enseñó a perderme en sus ojos.

– Buena elección. La más romántica de todas. Pero creo que se te ha olvidado que es mi mujer. - Harold hablaba en un tono bastante serio.

— Le he pedido que no le cuente nada. - Agregó Andrés.

Harold detuvo el auto y le ordenó al joven que descendiera. Una vez que lo hizo, dio media vuelta y se dirigió a su casa. Anet ya estaba vestida y preparaba la comida. El hombre llegó a la casa, colocándose a la espalda, la abrazó, subió las manos y las estacionó en su cuello.

— ¿Cómo estuvo tu día hoy? Preguntó el hombre.

— Normal como todos los días.

— ¿Algo especial? -

— Nada especial. - Mintió Anet.

El hombre comenzó a masajear los hombros y luego el cuello. Quizás utilizando más fuerza de la habitual.

— ¿Tienes algo que contarme? - El belga, no soltaba el cuello de su esposa.

— Andrés vino a la hora pautada. - Respondió Anet.

— ¿Ha logrado hacer el ejercicio? - Harold hablaba con interés.

— Sí. - contesto la mujer.

— Desde ayer, cuando me dijiste que vendría. Comencé a preguntarme el por qué te pediría algo así.

— No lo sé. - Anet volvió a mentirle. Sí fue un encuentro especial y sí sabía lo que perseguía Andrés, lo vio en el fondo de sus ojos. Pero no se lo diría. De saberlo él, fácilmente convertiría al joven en su cachorro. Luego agregó. — Te he dejado la cortina entre abierta para que pudieras ver.

— Sí, lo he visto todo. - Respondió Harold. Luego continuo. —

Creo que lo llevaré a la reunión del viernes. Lo presentaré a la pandilla.

— ¿Como un chico de Luigi? - Anet no quería que eso ocurriese.

— No, como mi invitado.

Al oír la respuesta, Anet se calmó. Harold llamó a Andrés a la salida del trabajo, el joven se acercó nervioso y apenado.

– Debo decirte que entre Anet y yo no hay secretos. Recuerda eso. Yo ya sabía que irías hoy a casa y la intención de la visita. Ella ya me lo había dicho. Solo por tu franqueza esta situación no termina de otra forma.

Andrés miraba al piso y guardaba silencio, le parecía volver a ser un niño y estar siendo regañado por su padre.

— El viernes iremos a una fiesta y queremos invitarte. Ponte algo elegante. Ya puedes irte. Harold le hablaba al joven con autoridad. Comenzaba a dominarlo.

— Sí, señor. - Respondió Andrés, dio media vuelta y se marchó. Sin saberlo comenzaba a ser un cachorro. Un cachorro que ya tenía amo.

La semana transcurrió en calma. Luigi ocupado con los preparativos de la fiesta, le mandaba un par de mensajes de texto en el día, para no mantenerlo alejado.

— Te he dicho que de seguro no tendría ropa que ponerse. - Le dijo Anet a Harold, cuando vió al joven, llegar a la casa y caminar por el jardín.

— A esa edad todo queda bien, no te preocupes. Además, la ropa es lo que menos le interesa a la pandilla.

Andrés llevaba puesto la camisa y el pantalón regalo de Luigi que ya había estrenado el día que visitó a Harold y conoció el Tantra. El belga por su parte llevaba un traje gris plomo con chaleco a juego, camisa blanca y corbata azul marino. Anet con un elegante vestido negro, de cuello alto y espalda desnuda. El pelo recogido en un laborioso moño.

—Bienvenido Andrés, llegas justo a tiempo, vamos saliendo.

Subieron al auto, Harold colocó musica. Lara Fabián, interpretaba "Je t'aime". Anet comenzó a cantar en francés. De haberlo entendido, Andrés comprendería que era una canción realmente triste.

De acuerdo

Había otras formas de separarnos

Algún trozo de cristal quizá

podría habernos ayudado,

en este amargo silencio

decidí perdonarte

Sé que cuando se ama demasiado

se comenten errores

De acuerdo. La niña que está en mí

te busca.

Casi como una madre

me arropabas y me protegías

Te robé sangre

que se debió compartir

entrecortado y en sueño.

voy a gritar. Te amo.

Anet pasó la mano por la cara de Harold, guardó silencio y dejó que Lara Fabián terminara la canción.

Casi una hora manejaron para poder llegar a la casa de Luigi. Una residencia magnífica, desde cuyo jardín podía verse gran parte de la ciudad. Alrededor de la piscina, los invitados lucían sus galas. Harold conocía a gran parte del grupo, pero no habían llegado los íntimos o la pandilla, así que decidieron apartarse de todos. Andrés era una "rara avis" en medio de todos. Joven, atractivo y no vestido para la ocasión, llamaba la atención. Decidió ir al baño. Harold le señaló donde quedaba, pero al llegar lo encontró ocupado. Le señalaron otro dentro de la casa, pero, recorriendo los salones se perdió. Se le acercó un joven alto y de cuerpo muy desarrollado. De esos cuerpos que logran su máximo esplendor por medio de anabólicos y gimnasio. De actitud bastante desenfadada y femenina.

— Hola. - Dijo Kike.

— Hola. - Respondió Andrés. - Disculpa estoy perdido.

— ¿Eres amigo de Luigi?

— Algo así, creo.

Kike rió.

— Sí, sé a lo que te refieres, es muy difícil saberlo. Ven sígueme, nos estamos reuniendo en el salón pequeño, esperando que nos avisen cuando debemos salir.

Andrés lo siguió.

— Por cierto, mi nombre es Kike- ¿El tuyo?

— Andrés.

— ¿Eres activo o pasivo?

— Disculpa no sé a qué te refieres.

Kike volvió a reír

— No me vas a decir, que, a esa edad, no sabes lo que es ser pasivo o activo.

— Si lo sé, lo que no entiendo es ¿por qué lo preguntas? - Andrés buscaba respuestas.

— Si eres amigo de Luigi y vienes a esta fiesta, lo debemos de saber. Ya sabes cómo funcionan ellos.

Kike al decir "ellos", se refería a todos los millonarios invitados que tenían sus particularidades y él, ya conocía. Desde hace años era uno de los encargados de animar por decirlo de alguna forma, la velada.

— Entonces la metes o te la meten.

—La meto. - respondió Andrés

Kike se le acercó y le agarró el pene por encima de la ropa.

—Bueno pero que sorpresa, ¿tú qué tienes ahí? Creo que el Chiqui tendrá competencia. - Kike abrió una puerta y entró a un pequeño salón, donde se encontraba una chica delgada, realmente muy hermosa, quizás una de las más bonitas de la fiesta y un hombre mayor de cincuenta años, cuya altura no sobrepasaba el metro y medio de estatura.

— Luigi nos tenía una sorpresa, no seremos nosotros tres, si no, nosotros cuatro. Les presento a Andrés y es activo, así que tendrán que fajarse duro, para quedar bien. Después de decir eso, Kike, los presentó señalándolos. Empezó con la chica. — Ella es Sonia, de seguro en cualquier momento la contratan como modelo, están de moda ahora, y él es el Chiqui, que no te engañe su pequeña apariencia, le dicen, El Tres Piernas. - Tanto el Chiqui como Sonia, lo vieron de arriba abajo y no respondieron a la presentación.

— El que tendrá que fajarse eres tú. Creo que te salió competencia. - Dijo Sonia, mirando con desconfianza al recién llegado.

— En cualquier momento nos llaman, alguien quiere una línea. - Dijo Kike.

Todos negaron con la cabeza.

— Bueno lo dejaremos para después.

22 ANDRÉS. LA HISTORIA.

Abrieron la puerta del pequeño salón y entró Luigi. Vio a Andrés con el grupo y quedó sorprendido.

—Hola ¿Tú qué haces aquí? - Le preguntó Luigi.

—Me he perdido y Kike me ha traído aquí.

—Pues todos te están buscando. Están agrupados en el extremo este de la piscina.

— Me dijo que era tu amigo, así que lo traje aquí, imaginé que estaría con nosotros. - Dijo kike, salvaguardando cualquier error.

—Sí, es amigo mío, pero hoy viene invitado por Harold. - Aclaró Luigi.

—¿Por el belga? - preguntó Sonia.

—Sí por el belga. - Luigi respondía las preguntas, pero en realidad quería iniciar la fiesta, de la forma como solo él se permitía hacerlo.

Andrés se acercó a Sonia.

—¿Has estado con Harold?

—Una vez que estás con él, más nunca se te olvida. - Dijo la chica y todos rieron excepto Andrés.

Luigi le mostró el camino a Andrés.

— Si sigues por este pasillo, llegarás al jardín y los encontrarás.

— Es una pena que no nos acompañes, le dijo Kike en forma de despedida.

Andrés salió del salón y caminó en dirección al jardín. Luigi se quedó con Kike, Sonia y El Tres Piernas.

— Está muy guapo, has debido dejar que nos acompañara. - Dijo Kike, guiñándole un ojo a Luigi.

Aun no se lo ha comido la manada, cuando lo hagan, si lo hace bien, podrá quedarse con ustedes. Ya comenzaremos, sean creativos. - Al decir esto Luigi dejó el salón y se fue a la sala grande. Los invitados comenzaron a entrar, dejando el jardín completamente vacío.

— ¿Dónde has estado? te estamos buscando. - Preguntó Anet al verlo.

— Me he perdido. - Respondió Andrés.

— Andrés te presento a mis amigos, luego lo haré con más calma. - Dijo Harold. Todos se saludaron solo con una sonrisa.

Al llegar al gran salón, algunas sillas permanecían vacías, las personas preferían estar de pie, alrededor del diván potro o mueble Tantra como lo conocen algunos, para captar mejor, lo que sucedería. Se abrió la puerta del pequeño salón y entraron Kike y Sonia, comenzaron a besarse. Kike desabrochó la blusa de la chica, dejando al aire unos senos perfectos, grandes, duros redondos, la pequeña cicatriz en ambos lados, era borrada por el maquillaje. Sonia comenzó a desnudar a su compañero y él mostraba un cuerpo de musculatura perfecta, con un pene más bien pequeño y unos testículos que apenas sobresalían. Aun con las caricias no lograba ponerse erecto. El hombre besó los senos de la mujer y descendió, le bajó la pequeña falda y luego retiró una delicada y exclusiva ropa femenina, que lanzó a los invitados, varios de ellos intentaron apoderarse de la prenda. El vencedor, siguió viendo el espectáculo, oliéndola. Al Sonia abrir las piernas un pene largo, delgado y completamente erecto salió a relucir. Kike comenzó a trabajarlo con la boca. Sonia acostada en el potro boca arriba, se acariciaba lujuriosamente los senos y mordía con su boca el dedo índice de su mano. Kike se sentó sobre ella, dejando que entrara de una sola vez. Se inclinó y mostró como el pene entraba y salía de él. Andrés, no podía creer lo que veía. Varios de la pandilla se hacían señas y contenían la risa, mientras notaban la cara de asombro del joven. Al entrar El Chiqui, Kike le bajó los pantalones, dejando ver un enorme y casi deforme pene. Los testículos parecían explotar, un anillo los tenía oprimido. El público ya conocía las virtudes del pequeño hombre, pero siempre se sorprendían. Algunos lo llamaban el Rasputín de la ciudad. Haciendo referencia al Místico que enloqueció a la nobleza rusa, por gozar de los mismos atributos. El Chiqui no dejó que Sonia terminara y colocándose en el extremo inferior del sofá Tantra, empotró a Kike. Este aun siendo penetrado por dos falos, en ningún momento mostró gesto de dolor. El Chiqui llegó primero y se retiró del salón, dejando ver como salía el líquido blanco, entre las nalgas de Kike, cada vez que Sonia se movía. Al final también ella llegó, se levantó del mueble, recogió su falda, le regresaron la ropa interior y salió del salón. Kike quedó apoyado en sus rodillas y sus codos. Varios de los invitados comenzaban a desvestirse y hacían fila para empotrarlo. Otra parte del grupo, perseguían a Sonia y a El Chiqui. Anet, vio que Andrés se alejaba, logró darle alcance en el jardín. Lo encontró vomitando.

— Si quieres sobrevivir a esto, tienes que vencer. Tratarán de convertirte en un cachorro, no permitas que te doblequen. Muéstrate como la presa, pero recuerda que, en realidad, eres el cazador- Le dijo Anet.

Resulta poco creíble cuando se cuenta. Pero a veces la cría del impala, logra escapar de la jauría de leones.

23. ANDRÉS. LA HISTORIA.

arold se abrió paso entre los invitados. Muchas m
ujeres y algunos hombres, intentaban seducirlo y llevarlo a cualquiera de los cuartos que Luigi había dispuesto en su casa y en los cuales, de forma temática, podían
practicarse los más diversos encuentros sexuales. En uno, tres
camas ginecológicas permitían cómodamente realizar el Fisting,
nombre que se le da a la práctica, donde se introduce la mano
en el orificio anal, en busca de placer. En otros, un par de sillas
colgantes del techo, alimentaban las fantasías de los más experi-
mentados. Algunos invitados, imitando ser mascotas, se dejaban
pasear, llevados por correas que le sujetaban el cuello, varios no
conformándose con eso, usaban además bozales y falsas colas.
La fama de buen amante del belga, junto a sus dotes y su físico, lo
convertían en un trofeo que muchos deseaban alcanzar. Harold
junto con la Cardenala, ideó este tipo de celebraciones, pensó que
sería algo nuevo en la ciudad. pero estaba equivocado, ya existían
antes de ellos. Famosa fue la visita, en los años sesenta, de una
exuberante y famosa actriz italiana, que, en medio de una cena
de gala ofrecida en el Country Club, fue puesta desnuda sobre
una gran bandeja de plata y paseada entre los asistentes. Toda

la región está poblada de anécdotas, algunas pasaron a formar parte de la fábula popular, otras, eran preferible olvidarlas. Uno de ellas, sucedió el diecisiete de noviembre de 1901, en la ciudad de México. Se celebraba una fiesta gay, donde asistían cuarenta y dos hombres, la mitad vestidos de hombres y la otra mitad de mujer. Muchos de ellos pertenecían a la élite del país. La sociedad conservadora no podía permitir tales exabruptos de la conducta y todos fueron detenidos por la policía en plena celebración. Dicen que el yerno del presidente Porfirio Díaz, se encontraba entre los asistentes, usando un hermoso vestido, digno de una reina, fue el único que pudo escapar. Por eso se conoce como la fiesta de los cuarenta y uno. Convirtiéndose en el número gay de los mexicanos. Al resto los sometieron a juicios, algunos llegaron a morir en prisión.

Luigi para esa noche mostraba una barba blanca bien cuidada, subió a su cuarto y cambió el elegante traje de smoking, por un laborioso vestido de condesa, al faltarle la peluca francesa, los asistentes en son de broma lo empezaron a llamar la campesinita. El aceptaba el chiste y sonreía. Mientras departía con un grupo de mujeres. Un invitado, aprovechó lo voluminoso de la falda y se introdujo debajo de ella, para practicarle, sexo oral, sin que las féminas con las que conversaba lo notaran. Harold caminó por la casa. Los excesos y la lujuria se apoderaban de ella, como se apoderan las hiedras, de los muros olvidados. Sin Anet, no le hacía ilusión unirse a cualquier grupo. Caminó hasta la piscina y la encontró allí. Ella caminaba con un vaso de agua.

— En una fiesta como esta, no es elegante beber agua, ¿Te la cambio por champan? - Dijo Harold, acercándose a su esposa.

— No es para mí. Es para Andrés. Te dije, que no estaba preparado. - Anet, habló con un tono de complicidad.

— Creo que los que no estamos preparados para Andrés, somos nosotros. - Dijo Harold viendo fijamente los ojos de su esposa.

— ¿Qué quieres decir con eso? - Anet sabía la respuesta, conocía muy bien a Harold. Llegar a ese grado de confianza e intimidad, puede ser destructivo, pero también liberador. Entre ellos no se podían vender ni mentiras, ni simulacros, aunque lo intentasen.

— Sabes lo que te quiero decir. Quiero dejarlo ir, pero también no quiero perderlo. - Harold estaba en una encrucijada. Una encrucijada la cual solo conoció una vez y no quería repetirla.

Anet sabía que, en esa encrucijada desde hacía tiempo, se encontraba completamente desorientado y enamorado Andrés. Trataría de ayudarlo, pero solo él, podría salvarse.

— ¿Qué piensas hacer? - preguntó Anet.

— Dejar que él decida. - Respondió Harold.

Caminaron por el jardín y llegaron junto a un Andrés solitario que veía como a sus pies la ciudad dejaba de ser una ciudad y se convertía en un reguero de luces multicolores.

24.ANDRÉS. LA HISTORIA

Poco a poco la manada se reagrupaba en una esquina de la piscina, desde donde podían ver todo el jardín. El primero en llegar fue Javier, junto a su esposa Cintia. Ambos eran oriundos de Medellín y manejaban un próspero negocio de importación de especies. Llegaron al grupo hace un par de años atrás, de la mano de Emily. Las mujeres se conocieron en el gimnasio que frecuentaban. Una tarde en que ambas se toparon en el sauna, se reconocieron solo con mirarse. Cintia se dejó dominar por Emily en ese encuentro. Se comportó como un botín fácil de obtener, pero solo servía de carnada. A los pocos días Javier la poseía en su apartamento, ante la mirada atenta de su esposa. Javier tenía la particularidad de acostarse solo con una mujer a la vez, pero le daba placer ser visto por todos. Cintia por su parte, disfrutaba ver como su esposo dominaba a las presas que ella lograba cazar. Jork, llegó solo al grupo, la última vez que estuvo al lado de su esposa, observó cuando dos hombres la llevaban al cuarto de las sillas colgantes. Míster Sam, como era conocido el encargado de negocios, venía con un collar para perro atado al cuello, que su esposa Samanta sujetaba. Saludó a los amigos, ladrando y todos rieron. Andrés se tomaba todo muy en serio y aquello le resultaba incómodo. Cuando lo presentaron, saludó a todos extendiendo la mano. Míster Sam la apretó más de lo debido. El joven pensó que lo retaba y sujetó fuertemente la extremidad al hombre, hasta casi causarle daño. Jamás se podría comparar la mano de un refinado ejecutivo, con la del trabajador de un puerto.

— Así que este es el cachorro. - Dijo Míster Sam.

— No es un cachorro. - Respondió Harold.

— Bueno, esperaremos entonces a que lo cedas a la manada. - Para Míster Sam, Andrés solo representaba un juguete, al que puedes acceder siempre que tengas dinero, y él como todos los presentes, podía pagar el precio.

Andrés se contuvo para no destrozarle el rostro de un puñetazo, la misma idea se le ocurrió a Harold.

— Te mostraré la casa. - le dijo el belga al Joven.

Andrés no mostraba ninguna curiosidad, por descubrir lo que sucedía en la mansión, pero como siempre ocurría, no tenía fuerza para negarse a lo que Harold le pidiera. Se separaron del grupo, Anet quedó atenta, pero nada podía hacer. No sabía que se traía entre manos su esposo, presintió, que antes de que regresaran al hogar, sabría la respuesta. Ambos hombres entraron a la casa y causaron agitación en su entorno. A todos les resultaban atractivos. Al belga le presidía la fama, a Andrés su físico. Los seguían con la mirada, esperando captar en que habitación entrarían. El joven vio a Sonia sentada en las barandas del balcón, con la mirada perdida y el maquillaje estropeado. Ella pensaba, "Merezco otra vida, pero para conseguirla, necesito reunir todo el dinero que estos hombres me puedan dar. Mi pecado original, fue nacer en un cuerpo que no me pertenece y con el que nunca me he sentido cómoda. Debo mantenerme fuerte y no buscar como salida un tiro en la cien que acalle los demonios que me atormentan". Al pasar por la habitación de las sillas colgantes, un hombre se sujetaba a las cuerdas y las movía violentamente, Emily con las piernas abiertas, recibía los fuertes impactos al chocar los cuerpos. El hombre estaba fuera de sí. Ella lo veía con la misma sonrisa retadora, con lo que vio a los tres que lo precedieron. El belga evitó que Andrés notara lo que sucedía en la habitación donde se practicaba el Fisting, de seguro sería algo que no entendería. Siendo un habitué de la casa, sabía donde podrían estar a solas. Subió al tercer piso, giró a mano derecha, abrió la puerta y arrastró al joven dentro. No encendió la lámpara, solo un pequeño haz de luz lograba colarse por la ventana cubierta por una gruesa cortina, una claridad insuficiente para distinguirse, aun estando abrazados. Notó que todo estaba en silencio y se encontraban solos. Tomó la mano de Andrés y la dirigió a su pene. Él lo tocó. Aun lo tenía flácido. Harold le tenía sujeta la mano. cuando la soltó, pensó que lo seguiría acariciando. Se equivocó, Andrés aferró fuertemente la muñeca del belga llevándola hasta su sexo, pero la sensación fue diferente, Harold tocaba un pene grueso y completamente erguido. "Si quieres sobrevivir tienes que vencer y para lograrlo, tienes que dejar de ser la presa y convertirte en cazador". Se repetía mil veces Andrés como un mantra. Aunque se encontraba enfrentando sus temores y estos querían paralizarlo.

25. ANDRÉS. LA HISTORIA.

Quizás no solo a Andrés, los miedos lo paralizaban. Harold de seguro en otra ocasión, actuaría diferente. Hubiese llevado al joven como un trofeo al cuarto de las sillas colgantes, apenas le permitiría bajarse los pantalones y delante de todos, lo clavaría, desvirgándolo. Dejando que viesen el dolor que produce la primera entrega reflejarse en su rostro. Esta vez, prefirió reservarse el momento solo para él. Ni siquiera lo vería en su rostro, solo lo percibiría, por los quejidos, por el traspasar de su doble frontera interna, por la forma como se retorcería al hacerlo sentir placer, y al oír las palabras que diría al ser poseído. Andrés, aflojó la correa, desabrochó el pantalón y lo bajó solo hasta los muslos. El belga también desabrochó su pantalón y lo bajó hasta sus muslos, dejó libre su pene ya erecto. Su cuerpo, siendo más alto que el de Andrés, lo cubría todo. Le dio media vuelta al joven. Comenzó a morder su cuello y le tapó la boca para que no gritara. La mano libre la aferró a unas de las nalgas. No quería que ocurriese así, pero él también esa noche debía decidir. Fue un juego que no debió empezar. Fue un juego que debió jugar con otro. Si tenía clemencia, de seguro perdería la partida. Por su parte Andrés pensaba, "Si quieres vencer, tienes que dejar de ser la presa y convertirte en cazador". Dio media vuelta y quedó frente al belga. Ambos sentían el aliento del otro, el latir del otro corazón. Tomó con fuerza la mano del hombre, este opuso resistencia. Entonces la sujetó con ambas manos y lo obligó a que tocase su sexo. Harold le permitió alcanzar su objetivo, un señuelo para hacerlo caer en la trampa. Agarró el pene de Andrés, pero le mantuvo cerrada con la otra mano la boca. Se le acercó al oído.

— ¿Qué buscas? - Preguntó Harold. retirando la mano de la boca y llevándola hasta el cuello, apretándolo, como señal de dominio.

— ¿Qué buscas tú? - No le permitió que respondiese. Sujetó con ambas manos los hombros del belga, intentando obligarlo arrodillarse frente a él y que hiciese lo mismo que hacían los desconocidos en el paseo del puerto.

Harold apretó más fuerte el cuello del joven, tratando de doblegarlo. Andrés no se dejó avasallar y también sujetó con fuerza el cuello del belga. Todo ha podido ser más fácil, pero los Dioses abandonan a los que quieren perder. Y ambos estaban siendo abandonados a las puertas de un infierno.

— Agáchate, llévalo a la boca y pruébalo. No es lo que quieres. - Preguntó Harold, en voz baja, pero tan cerca del joven, que los labios del belga, rozaban su oído.

— No. No es lo que quiero. No de esta forma. - Respondió Andrés. Soltó ambas manos. No tenía fuerzas para pelear. De una u otra forma, resultaría vencido.

Harold, no tuvo necesidad de ver la cara de Andrés. Sintió cuando los dos corazones, dejaron de latir apresuradamente y ahora solo eran caminantes cansados, vagando lentamente. Se agachó, tomó entre sus manos el pene del joven y se lo llevó a la boca. Solo por un breve momento sintió los labios y la lengua recorrerlo. El hombre volvió a ponerse de pie. Dio un fuerte puñetazo contra la pared, se vistió y salió de la habitación. Andrés quedó a solas y en una oscuridad, que solo un haz de luz que se colaba por las gruesas cortinas, impedía que fuese absoluta. Un pequeño haz de luz, fuera de ese mundo en el que se hallaba. El belga recorrió el jardín con dos copas de champaña, le dio una a su esposa y se unió al grupo. Andrés caminó hasta el balcón y se sentó al lado de Sonia. Ambos estaban en un mismo barco, pero en diferentes tempestades. Un mundo en el que trataban de sobrevivir, andando a tientas en laberintos.

26.ANDRÉS. LA HISTORIA.

¿Y Andrés? - preguntó Anet.

— Se quedó dando vueltas por la casa. - Respondió Harold.

Anet sospechaba de las intenciones de su esposo, pero en tan pocos minutos, que tanto había podido ocurrir entre los dos. La manada contaba anécdotas ya conocidas por todos, historias repetidas cientos de veces, aun así, todavía se reían de ellas. Emily se incorporó al grupo.

— Bienvenida. ¿Algo que contarle al grupo? Le preguntóJorks a su mujer.

— Se rompió una de las cuerdas - Respondió ella.

La manada recibió la respuesta entre risas. Por su parte, al otro extremo de la casa, Andrés sentado al lado de Sonia, tenía un estado de ánimo diferente.

— ¿Eres amigo del belga o eres su cachorro? - Le preguntó Sonia para romper el silencio.

— No lo sé. - Respondió Andrés. — En este mundo no sé lo que es ser amigo, tampoco sé lo que es un cachorro. - Ambos hablaban viendo la ciudad que estaba a sus pies.

— Amigos aquí no existen, y tú tienes apariencia de Muscle Pud, pero si vienes acompañado del belga, de seguro eres cachorro. - Sonia vio en la cara de Andrés que no entendía nada de lo que le hablaba. Así que decidió preguntar. —¿No sabes de lo que te hablo?

— No. - Respondió Andrés con toda franqueza.

— ¿Te gusta bailar en las discos y llamar la atención?

— No, nunca he visitado una disco.

— Entonces eres un cachorro. Te lo explicaré. Muscled Pud, es el típico chico, hermoso, musculado y vanidoso, que busca que todos lo admiren. Un cachorro por su parte, son musculosos, velludos y normalmente de rol pasivo. Si andas con el belga, que es un Oso. - Al decir esto vio que Andrés, no la entendía, decidió seguir explicándole. — El belga es un Oso por ser grande, tener esa cara tan masculina, ser musculoso y activo, aunque esto último no es determinante. Cuando tenga el pelo blanco, será un Oso Polar. Y si además le agregas cara de asiático. - Dijo esto llevándose las manos a los ojos y estirándolos en dirección a las orejas. — Entonces estamos hablando de un Oso Panda.

Andrés mostró una sonrisa, le parecía gracioso, todo lo que Sonia decía. Pero ella no mentía, todo era cierto.

– ¿Y Luigi qué sería? - Preguntó Andrés.

— En su momento fue un Lobo, pero con el tiempo se ha convertido en un Daddy.

— ¿En qué se diferencian? - Andrés mejoraba su humor y preguntaba con curiosidad.

— Los lobos, son atléticos, atractivos, velludos y dominantes, les encanta tener una manada. Ya sé, me vas a preguntar ¿Qué es una manada? Pues muchas parejas dominadas. El Daddy, es aquel mayor de cuarenta años, al que le gustan los jóvenes.

— ¿Y tú?

— En su momento fui un Twink, pero ahora soy una hermosa y sedienta princesa, vamos por un trago. - Sonia se puso de pie, tomó al joven de la mano y comenzó andar.

– Yo no bebo. - Le aclaró Andrés.

— Pues esta noche sí lo harás. - Le respondió Sonia, mientras bajaban las escaleras y se dirigían a la barra.

Al llegar al salón, caminaron hasta la barra, abriéndose paso entre los invitados. Algunos de ellos, los más ejercitados, se habían despojado del traje y con las camisas abiertas mostraban su torso.

— ¿Qué les sirvo? - Preguntó el barman.

— Para mí que soy una linda princesa, champaña, para mi amigo un Tom Collins. - Respondió Sonia.

Cuando llegaron las bebidas Sonia decidió brindar. Andrés esperaba sentir cierta repulsión, como le sucedió al probar el whisky, pero no fue así. El sabor a limón y lo dulce de la bebida le agradó, subieron las escaleras y se sentaron en el último escalón, observando a todos. Trataban de definir qué rol preferiría cada invitado. Andrés señaló a una hermosa chica, seductoramente vestida, a la que varios hombres cortejaban.

— Pierden, su tiempo. Es una Lipstick Lesbian. No lo creerás, pero aquí todos tenemos una categoría. Voy por otro trago, espérame. -Sonia bajó las escaleras aprisa, atravesó el salón y pidió dos tragos. Desde la barra vigilaba a Andrés, notó que un hombre se acercaba y le entregaba una tarjeta. Regresó con las bebidas.

— He visto que te han dado un papel.

— Es un amigo de Harold. - Respondió Andrés.

— Sí, lo conozco. Es Javier, sé su historia, vino por negocios al país y se quedó. Si mal no recuerdo son de Medellín. - Sonia, conocía muy bien al empresario. Le hizo pasar la noche más difícil de su vida.

Andrés pensó, botar la tarjeta de presentación. Pero ella se lo impidió.

— Guárdala. Sé de lo que es capaz. En cualquier momento, llamarlo a él, te puede sacar de apuros.

Andrés la guardó.

— Hemos terminado este trago iré por otro. - Sonia se levantó. Andrés la detuvo, no quería beber más. Ella le prometió que sería el último.

Cuando regresaba, sin que nadie lo notara, agregó un polvo blanco a la bebida. Al probarlo Andrés no sintió nada extraño y bebió con confianza. A los pocos minutos, Sonia lo llevaba de la mano a una habitación. En su interior solo una gran cama la amoblaba y las paredes estaban cubiertas de espejos. Falsos espejos. Desde el otro lado los invitados seleccionados, podrían verlos.

"Sonia pescó a uno". - Fue la voz que se corrió entre los invitados. Los enterados sabían a donde debían dirigirse. Cuando la noticia llegó a la zona de la piscina, la manada se enteró de primero.

— Ya yo estoy cansada de ella, prefiero quedarme aquí en la piscina. - Dijo Cintia.

Poseía sus razones para la animadversión hacia la chica. En su primera fiesta, Sonia la había confundido y drogándola, intentó llevarla a la habitación de los espejos, donde la usaría de mil formas. Cada una más ruin. Se salvó de la infamia, por el ojo vigilante de su esposo. Javier, entró al cuarto, sometió a Sonia y estaba a punto de cobrarse la afrenta, de no ser por Luigi que sirvió de mediador, le habría disparado frente a todo el mundo como testigo. En esa habitación se hallaba ahora Andrés. Todos los de la manada decidieron quedarse en la piscina y no ver el espectáculo.

— Tengo un mal presentimiento, de seguro es Andrés. - Le dijo Anet a su esposo.

Harold se separó del grupo, se abrió paso entre la multitud y esperó desde el otro lado del espejo a que se encendiera la luz. Los invitados rodearon las paredes y al igual que el belga, esperaban. La habitación se iluminó y entró Sonia completamente desnuda, sus grandes y hermosos pechos al aire, su pene completamente erecto. Traía de la mano a un sonriente Andrés. Lo acostó en la cama y comenzó a desnudarle. Sonia logró cazar la mejor presa de la noche. De seguro, lo devoraría. Era lo que todos esperaban.

27. ANDRÉS. LA HISTORIA.

Sonia reinaba esa noche. Logró quitarle el cachorro a un oso. Las normas del grupo, prohibían rescatar a la presa. Ella lo sabía, se arriesgó y ganó. Tardarían en darse cuenta que violó el decálogo. Andrés no dió su consentimiento y drogado como estaba, solo era una marioneta ingenua y sonriente, en una obra de teatro, donde ella controlaba los hilos. Ella colocando su pene en la cara del joven, trataba de provocarlo, pero él, lo apartaba a manotazos. Decidió utilizar otra estrategia y desabrochando el pantalón, comenzó, más que acariciar, a manosear el pene de Andrés. Harold, se puso de pie, tras el espejo. Pensó salir, pero Luigi que presentía su reacción le cortó el paso.

— Nosotros hicimos las reglas, nosotros debemos cumplirlas.

Harold sabía de lo que le hablaba Luigi. Si él violaba lo acordado, el resto del grupo podría hacerlo y comenzaría a reinar el caos. Aun así, trató de abrirse paso. La Cardenala lo detuvo, sujetándolo fuertemente por el brazo.

— Pacta Sunt Servanda. - Dijo.

— Pacta Sunt Servanda. - Respondió el belga.

Ambos dieron media vuelta y continuaron viendo el espectáculo que Sonia brindaba. Desnudó a Andrés, haciéndolo girar sobre la cama. Todos veían un cuerpo musculoso. Una espalda ancha.

Unas nalgas pequeñas, redondas y firmes. Un pene grueso que no llegaba a estar erecto. Un lunar al lado del ombligo, unos pectorales, donde las venas como ríos azules lo surcaban. Las areolas levemente más oscuras que su tono de piel y unos pezones que apenas se insinuaban. Los pies con su arco pronunciado, creó excitación entre los amantes de la podo-filia. Sus manos y el grueso de su muñeca, también despertaban interés. Un bocado para cardenales y Sonia lo tenía frente a ella, servido en bandeja de plata. Andrés por instantes recobraba la razón, sabía que algo no estaba bien. Pero rápidamente la perdía, volviendo a mostrar su sonrisa. Si lo que buscaban era un espectáculo, esta noche lo tendrían. Andrés acostado, completamente desnudo, veía un techo que lograba traspasar y sentir la noche, sentirla como una tela oscura. Sonia, se arrodilló en la cama frente a él y tomó uno de los pies del joven, comenzó a lamerlo. Luego chupaba dedo por dedo. Abrió la boca y permitió que dos entraran en ella, luego tres dedos. En un momento cubrió con su boca todos los dedos. Con otra mano se masturbaba. No era una visión nueva para los espectadores, pero esta vez quizás, se agregaba, la excitación producida por la presa. Un cachorro, robado al belga. De pronto la puerta se abrió. Todas las miradas tras el espejo se dirigieron a esta. Entró el Chiqui, solo vestido con una camisa abierta. Su pequeña estatura contrastaba con su enorme y deforme falo, era la reencarnación de Príapo. El público lo notaba más grande aún, por estar completamente duro. Él haciendo gala de ello, con una mano lo hacía chocar y sonar contra la palma de la otra mano. No se atrevería a robarle un cachorro a un oso. No cometería esa imprudencia, aunque eso se recompensase con dinero. Pero esto, no le impedía participar en el montaje, permitiendo que Sonia se comportase con él como la princesa que quería ser. Mientras demostraba que también podía funcionar como un hombre penetrando a Andrés. Se colocó tras ella y la poseyó. Ella solo pensaba en el dinero que ganaría y ahorraría, satisfaciendo el voyerismo de los adinerados invitados. Cada vez necesitaba menos de ellos. Le separó las piernas a Andrés. No pudo continuar el espectáculo. Volvió abrirse la puerta, no para dejar entrar a un nuevo participante. Entró Javier, el único capaz de romper las reglas del grupo. Anet lo esperaba del otro lado. Ella no se atrevió a entrar con él. Temía la reacción de su esposo.

— Drogado no vale. La próxima vez que lo hagas, te meto un tiro y sales de aquí muerto. - Dijo Javier derribando a Sonia de la cama al suelo de un calculado puñetazo a la mejilla. Después de esto, cargó a Andrés a su espalda y salió. Anet lo seguía. Para los visitantes, el espectáculo resultó mejor de lo esperado. Al llegar al auto, lo depositaron en el asiento trasero. Andrés sujetó la mano de Javier y le dijo:

— Sabía que vendrías por mí, Harold.

Javier quiso aclarar la duda. Pero Anet le hizo señas a su amigo para que no respondiera. El belga llegó a los pocos minutos. Se despidieron del colombiano, encendieron el auto y comenzaron el regreso a casa. Andrés, dormía.

— ¿Por qué no lo ayudaste? - Preguntó Anet.

— Nosotros creamos las reglas, no podemos romperlas. - Tanto Harold, como Anet, sabían que ese no era el verdadero motivo. Andrés comenzaba a ser la pequeña y casi imperceptible grieta, por donde comienza a resquebrarse el dique, que destrozará todo lo que encuentre a su paso.

Anet, apretó un botón en el tablero del auto. La voz de Lara Fabián, volvió oírse. Cantaba las últimas estrofas de "Je suis Malade"

"...estoy enferma, completamente enferma

como cuando mi madre, salía por la noche

y me dejaba sola

con mi desesperación.

Estoy enferma

¡eso es todo!

estoy harta.

Me privaste de todas mis canciones

me vaciaste de todas mis palabras.

Y tengo el corazón

completamente enfermo

cercado

de barreras.

¿Escuchas?

Estoy harta

¡eso es!

Anet, esta vez no cantó. Al terminar la canción, acarició con el dorso de la mano la cara de su esposo. La grieta del dique, comenzaba a crecer y amenazaba con arrastrarlos.

28. ANDRÉS. LA HISTORIA.

El trayecto de vuelta a casa, transcurrió en silencio. Andrés no podía regresar a su hogar en ese estado. Así que decidieron dejarlo en la habitación del piso inferior. Luego Anet y Harold subieron a su cuarto. Ella se disponía a desnudarse, cuando él, se colocó a su espalda y le desabrochó el collar, mientras besaba su cuello. Ella sintió los labios en su piel. Esta vez, ese contacto, no fue la primera chispa que enciende una hoguera, lo percibía como la solicitud de perdón de un sentenciado. Cuando se despojó del negro vestido, quedó solo con su fina y provocativa ropa interior. Él comenzó a besar y lamer la tela que cubría sus pezones y su sexo. Ella apoyó su espalda en la pared, se sostuvo solo en los dedos de los pies. El agachado, con la cara metida entre sus piernas, trataba de romper el fino encaje con su lengua. Rodeó sus muslos con los brazos y la alzó. Ahora la tenía completamente a su merced. La lengua enloquecida, buscaba su clítoris. Ella lo ayudó a encontrarlo, moviendo con la mano el borde de su ropa interior. A la mujer, poco a poco le faltaba la respiración, se mordía la mano para no gemir, sin embargo, su boca era una prisión con las puertas abiertas, de donde escapaban las palabras. Él la llevó a la cama. Terminaron de desnudarse. Con su fuerte mano, recorría sus labios, volvió a descender y sumergió por completo la cara entre sus piernas abiertas. Él sabía cómo hacerlo, además también disfrutaba de su sabor y el verla pedir clemencia y agitarse. Dejó una mano en su boca y ella la mordía, a veces con fuerza, a veces suavemente. El pasó varias veces la mano libre entre las nalgas, hasta que introdujo un dedo en su ano. La mujer ya no pensaba, se concentró, en lo que sentía, en su respiración y comenzó un viaje. El hombre actuaba sin prisa. Tenía el resto del amanecer y si quería, todo el día. Así que se tomaba su tiempo, pensaba de qué forma diferente, lamerla, de qué forma antes nunca utilizada, succionarla. Los dedos eran desesperados mineros que buscando un tesoro, accedían a todos sus orificios. Ella gustosa lo permitía. Harold comenzó a besar su cuerpo, como quien comulga por primera vez. Besó su ombligo, sus pezones y alcanzó a su boca. Le abrió, las piernas, introdujo su pene, lo hundió todo lo posible, dejó reposar su cabeza en el cuello de la mujer, cerrando los ojos, como lo cierran poco a poco los moribundos. Ella viajaba con los ojos cerrados. Presintió otra energía, sus azules ojos, divisaron a un hombre. Era Andrés que los observaba desde el umbral de la puerta. Le hizo señas que se acercara. Andrés, se despojó de su ropa interior. La escena vista, irguió su pene y lo hizo lubricar excesivamente. Caminó hasta la cama, pasó su mano por la espalda de Harold, descendió hasta Anet y la besó en la boca. Ella acarició el rostro de su esposo. Harold ya sabía lo que sucedía, pero no quiso apartar la boca del cuello de su mujer. Ella lo obligó. Con la otra mano, trajo hacia ella la cara de Andrés y frente a sus ojos, unió la boca de los dos hombres. Ella permitió que ese placer fuese solo de ellos y que así quedara como un bien que se guarda celosamente y con el cual, cuando han pasado los años y se recuerda, sin saber, se dibuja en la faz una sonrisa. Anet, también unió su boca a la de ellos. Andrés mientras los besaba, con una mano recorría la espalda de Harold, descendió hasta las nalgas cubiertas por una fina pelusilla dorada. Todos temblaban, sus cuerpos se erizaban, los músculos se contraían y a la vez se relajaban. Para uno solo existía la sensación de la caricia que recorría su espalda, luego solo pensaba en el movimiento de las lenguas dentro de la boca. Anet, sentía el pene de Harold dentro de ella y también enloquecía por el movimiento de las serpientes que peleaban dentro de su boca. Andrés aún bajo los efectos de lo bebido, subía a un tren que comenzaba un viaje, el cual ya no podía abandonar. La mujer sabía como complacerlos, se colocó entre ambos, con una mano guio el pene del joven y dentro de ella lo unía al de su esposo. Andrés sentía la calidez interior de ella, pero también, el falo del belga rozar el suyo con un movimiento acompasado. Los ojos azules, viajaron a través de unos ojos que no llegaban a ser negros y leyó sus sentimientos. Tomó una mano del joven, pero no la posó en su cuerpo, dejó que acariciara la piel del otro hombre. Andrés igualmente inició el movimiento dentro del sexo de Anet, pero no era a ella a quien quería sentir. Ambos hombres descubrieron que tenían el mismo pensamiento. Harold dejó de estar dentro de su mujer. Ella se sentó sobre Andrés y su esposo la empotró de nuevo, pero ahora por otro orificio. La mujer sumergió su cara entre la almohada. Los hombres se veían fijamente. Se retaban a un duelo. Aceleraron sus movimientos. Cada uno de ellos, pensó, que era al otro a quien penetraba. Con la mirada buscaban intimidar al otro. Todo se tornaba demasiado violento. Cada envestida de uno, el otro la respondía con mayor fuerza. Harold retiró su pene, la excitación lo llevó a tal nivel que sintió que su miembro tomando su máxima dimensión, quería explotar. El glande no podía hincharse más. Abrió a su mujer y se lo introdujo, ahora también podía sentir, el duro miembro de Andrés. Ella llegaba al paroxismo, de ahí en adelante, la visitaron múltiples orgasmos. Ambos hombres pretendían demostrar su superioridad. Harold, no pudo contenerse más y comenzó a vaciar su semen. Andrés al sentir esa cálida y nueva sensación, se desbordó, bombeando a gran velocidad. Uno, dos, tres, cuatro, cinco y seis. Ambos retiraron sus miembros de ese cálido vacío, cada uno, lleno de la esencia del otro. Una respiración agitada arropó los tres cuerpos, que tendidos en la cama miraban el cielo, con los ojos cerrados y traspasando el techo de la casa.

29. ANDRÉS. LA HISTORIA.

Los cuerpos tendidos, los ojos cerrados, las manos quietas y el respirar pausado. Tres títeres, dejados olvidados por el titiritero sobre la cama. Andrés, vio los ojos azules de Anet y la besó en la boca. Descendió hasta su sexo y más que besarlo, lo lamía. La esencia de los tres se encontraba en ella. Ascendió, lentamente, como quien sube el último trayecto de una alta montaña y cansado ya se rinde. Se recostó sobre ese cuerpo femenino y frágil. Ella lo observaba con respeto y ternura. Él abrió la boca y dejó que saliera la saliva como un río lento. Ella abrió la suya y lo recibió en la punta de la lengua. Luego Andrés, sujetó la cara de Harold, e hizo lo mismo, él también la abrió y dejó que esa mezcla de esencia y saliva entrara en él. Intentó besarlo en la boca, pero el belga lo rechazó, colocándose de pie y yéndose al baño. Besó a Anet. Ella le respondió el beso, pero luego de esto, quedaron acostados, viendo el techo. Ella comenzó a mover los dedos de la mano, sobre la mano de él. Una pianista tocando un pequeño y venoso piano. El sonido del agua al chocar contra el piso, junto con la respiración, era lo único que podía oírse. Anet se puso de pie, se dirigió al baño y entró a la ducha. Besó la espalda de su esposo, descendió hasta las nalgas, se las abrió con ambas manos y comenzó a mover su lengua en círculo. El belga cerró el grifo, apoyó los brazos y la cara contra la cerámica azul de la pared y bajó los parpados. Las últimas gotas caían sobre su pelo. Anet introdujo un dedo dentro de él, pero no dejaba de lamerlo. Tal fue la excitación del hombre, que comenzó a besar la pared. Andrés se incorporó al grupo besando la espalda de Harold. Esta posición dejó su pene al alcance de la cara de la mujer y ella, primero lo acarició con una mano y luego con la boca. Harold dio media vuelta, la mujer tomó ambos penes y trataba de complacerlos ignorado qué, sobre ella, cada uno de los hombres sujetaba con una mano el cuello del otro y lo retaba. El joven trató de besarlo, varias veces, pero Harold con el brazo recto y apoyando su cuerpo en la pared, lo mantenía a distancia. Andrés ni claudicaba, ni se intimidaba, también oprimía fuertemente el cuello del hombre e insistía en besarlo. El belga tomó el brazo de su esposa, levantándola. Al estar cerca de su cara la besó de una forma animal y desesperada, sin soltar el cuello del joven, quien a la distancia veía la escena. Harold lo dominaba con la mirada, poco a poco dejó de hacer presión hasta dejarlo libre. Andrés se acercó mansamente y unió su boca a la de ellos. Volvía a comenzar el encuentro. Harold cargó en sus brazos las piernas de su esposa y la penetró. Andrés también colocó sus brazos debajo de los muslos de la mujer y ella quedó suspendida, sostenida por ambos hombres. Volvieron a poseerla al mismo tiempo y por el mismo orificio. Anet con los ojos cerrados y gimiendo, acurrucó su cara en el pecho de su esposo. Los hombres seguían viéndose mutuamente. Ambos sabían que pronto ese encuentro solo sería entre ellos dos. El belga con una mano, retiró el pene del joven de la cavidad de su esposa y comenzó a masturbarlo. Andrés hizo lo mismo con el pene de Harold. Dejaron descender a Anet. Ella dirigió su boca al miembro del joven, su esposo la poseía tomándola por las caderas. El joven con ambas manos sujetaba el cuello de su jefe. Este se desbordó dentro de su esposa, esta vez eyaculó fuertemente, como no lo hacía desde hacia tiempo. Anet sintió ese vigor. Dio media vuelta, exponiéndose libremente al joven, pero fue innecesario. Andrés soltó su semen a ráfagas, sobre el cuerpo de Harold. Ese paroxismo ahuyentó a la locura que los poseía y le dio la bienvenida a la razón. Limpiaron sus cuerpos bajo la regadera. Anet sintió como su corazón comenzaba a dividirse, ya no le pertenecía completamente al belga y eso le causó una profunda tristeza. Harold sintió como su corazón comenzaba a dividirse y ya no le pertenecía solo a Anet y eso le causó una profunda tristeza. Andrés entendió que para estar con Harold, debía herir a Anet y eso lo entristeció. Los esposos durmieron abrazados en la habitación superior. Andrés descendió hasta la sala y se acostó en el sofá. Antes de quedar dormido pensó. " Ojalá esto no sea solo un sueño".

30. ANDRÉS. LA HISTORIA.

A ndrés, se quedó dormido y soñó que caminaba por una playa solitaria. Alguien lo seguía tratando de alcanzarlo y detenerlo, para evitar que continuase su viaje. Al voltear para ver quien estaba tras él, no encontró a nadie y comenzó a deshacerse dentro de una espesa niebla.

Despertó saliendo de sombras, de unas sombras que aun nublaban sus pensamientos. Trataba de recordar, pero resultaba infructuoso. Solo su memoria guardaba partes del camino, pero no estaba seguro haberlo recorrido. Reconoció el lugar donde se encontraba. La casa del belga. Se vistió y se marchó. Mientras caminaba sus pensamientos trataban de aclararse. Todo era muy confuso. Llegó a su casa y aun persistía un leve dolor de cabeza.

— Otra noche que pasas fuera de casa. - Le dijo su padre como saludo. — Imagino que tendrás muchas cosas que contar.

— En realidad no mucho, una fiesta como cualquier otra. - Respondió Andrés. — Pero me gustaría dormir un poco más. - Dijo mientras se dirigía a su cuarto, al pasar por la sala vio a su hermano con una chica agarrados de la mano, mirando la televisión.

— Hola. Te presento a mi novia.

Andrés sorprendido extendió la mano.

— Mucho gusto, mi nombre es Yesenia.

— El mío Andrés. - Quería quedarse y conversar, pero el cansancio le ganaba, caminó hasta su cuarto, cerró la puerta y se acostó. "De seguro tendrá una vida diferente". Pensó antes de quedarse dormido.

Anet, despertó notando la ausencia de Andrés. Se dirigió a la cocina, ya era casi el mediodía, aun así, hizo el café que normalmente tomaba en la mañana. Esta vez lo acompañó con un cigarrillo. Raramente lo hacía, pero hoy era uno de esos días en que dejaba de oponerse a ese fútil vicio. Harold, bajó hasta la cocina, se sirvió una taza de café y salió al porche. Se sentó junto a su esposa, sacó un cigarrillo de la caja y comenzó a fumar. Ambos se vieron y sonrieron. Desde hace mucho tiempo, no fumaban juntos, sentados a la puerta de la casa.

— Te has comportado diferente anoche. - Dijo Anet. Subiendo los pies a la silla, mientras sostenía la taza en una mano y el cigarrillo en la otra.

— ¿A qué te refieres? - Contestó Harold.

— Normalmente hubieses esperado que estuviese sobre mí para penetrarlo, como haces siempre. Y no lo has hecho con Andrés.

— El chico aún estaba bajo los efectos de la droga de Sonia.

— Anteriormente algunos chicos han estado bajo estimulantes.

— Sí, pero por su propia voluntad. - El belga, no quería confesar que varias veces pasó por su mente, someter a Andrés, sujetar sus nalgas y yacer dentro de él. Pero recordó el incidente a solas en la habitación de la casa de Luigi. Ya tenía al chico derrotado, sin ganas de oponerse, solo debía colocarlo contra la pared, abrirle las piernas e introducir su pene. No lo hizo. Al contrario, una fuerza superior lo indujo a probar el sexo de Andrés, aunque inmediatamente se arrepintió.

— Pero permitiste el Snowballing. Siempre hemos dicho que es lo más íntimo que podemos hacer.

— Me dejé llevar por el momento. - Respondió Harold, sintiendo cierta vergüenza.

— Creo que debes pasar una noche a solas con él. Puedo ir a visitar a una amiga y así no tendrás que ir a la casa de la playa. - Dijo la mujer.

Anet, jugaba sus cartas lo mejor posible, hasta ahora sabía que era una partida perdida, pero no se rendiría.

Harold, tenía una batalla pendiente, pero la enfrentaría a solas y con tiempo. Sería una entrega completa. Haría de todo con Andrés. Estaba decidido a dominar y una vez logrado, dejaría dominarse. El repique del celular del belga, interrumpió la conversación. Entró a la casa y contestó la llamada, luego regresó al porche, junto a Anet.

— ¿Quién era? - Pregunto ella.

— Luigi, quiere que nos veamos los dos en la casa de la playa, hoy en la noche, cuando se le pase la resaca. Quiere tratar un asunto de la fiesta.

— De seguro el incidente con Javier.

— De seguro, ya es la segunda vez que rompe la norma.

— Pero drogó a Andrés y eso no está permitido.

— Es difícil probar que no ocurrió con su consentimiento. - Le aclaró el belga.

— Tú y yo sabemos la naturaleza del chico.

— Nunca des por seguro que conoces a una persona. - respondió Harold.

Ambos terminaron su taza de café y el cigarrillo.

Apenas comenzaba la noche, cuando el belga, llamaba a la puerta de la casa de la playa. Un sonriente Luigi lo recibía.

—¿Cómo has pasado la noche? - Dijo Luigi de muy buen humor.

— Tranquilo en casa. - Respondió Harold, sin dar detalles.

— ¿Crees que tengas fuerzas?

— ¿Fuerzas para qué? - Harold esperaba algún reclamo, pero no fue así.

— Fuerzas para esto. - Luigi mostraba su sorpresa.

Detrás de la pared salió un espléndido hombre, ya dejaba de ser un joven, rondaría los treinta años. De porte y belleza superior a los demás. De ser un eunuco, de seguro sería la reencarnación de Bagoas, el cortesano que enamoró, en el siglo IV A.C, a dos poderosos enemigos. A Darío El Grande y al colosal Alejandro Magno.

— ¿Lo recuerdas? – Preguntó Luigi.

— Como olvidarlo. – Respondió Harold.

El hijo del cónsul se acercó y abrazó al belga a modo de saludo. Estaría solo unos días en el país, por lo que decidió visitar a sus amigos más especiales. A los primeros que contactó fue a la Cardenala y al belga.

— Hola Harold, muchas veces te he recordado. - Saludó Dimitri.

— Hola Dimitri, realmente un placer volver a verte.

— Como te dije, espero que tengas fuerzas. Esta noche será solo para nosotros. ¿Alguien quiere una raya? - Preguntó Luigi, mientras retiraba de su bolsillo un pequeño envase. El polvo blanco que contenía, lo vertió en la mesa y lo dividió en tres líneas horizontales. La Cardenala inhaló primero. Luego hizo lo mismo Dimitri. La tercera hilera, quedó sobre la mesa. Harold no estaba de humor para ello. El hijo del Cónsul, se acercó a el belga y lo besó en la boca. Luego hizo lo mismo con Luigi. Harold se le acercó por la espalda, lo rodeó con sus brazos y comenzó a desvestirlo, quitándole la camisa. Lo mismo hacia la Cardenala con el pantalón. Quedó completamente desnudo.

31. ANDRÉS. LA HISTORIA

Los hombres, comenzaban un juego. Para ellos no era más que eso, un juego donde todos sabían las reglas. No le daban ni mayor trascendencia, ni lo envolvían en condicionantes sociales. Tres hombres desnudos, en la intimidad de un cuarto. tocándose, besándose, acariciándose, penetrándose. ¿A quién le puede interesar? Solo a ellos. ¿A quién le hacen daño? Solo a ellos. Porque, aunque sepan las reglas, a veces, de vez en cuando, algunos salían heridos. Ellos iniciados ya, entendían que solo buscaban placer, nada más que eso. Ninguno se atrevería a exigir algo más. La virilidad de los hombres no se sometía a normas preestablecidas. Dimitri se encontraba en medio de dos Sátiros, dispuestos hacerle pedir clemencia, cuando sus vergas lo sometieran. Pero ya habían trascurridos muchos años desde ese primer encuentro, cuando fue entregado a la manada por el propio Luigi. Si en ese momento logró satisfacer a todos. Ahora con más experiencia, de seguro les daría una sorpresa. Los que capitularían ante él, serían ellos. Si pudo exprimir hasta la última gota, a los cinco marineros rusos, que lo violaron sin piedad, cuando se le insinuó a uno de ellos y este quizás por asco, quizás por venganza, lo llevó, hasta la parte menos iluminada del callejón y luego entre todos, lo hicieron suyo. Uno por uno, con violencia, con furia, con golpes. Él lo soportó todo, no como un castigo, si no como un aprendizaje, después de eso, se hizo más fuerte. Ese encuentro del callejón, y el ocurrido en Atlanta, cuando su padre fue asignado como Cónsul en esa ciudad, le permitieron entender, que los momentos más denigrantes, solo son negativos, si ellos logran destruirte. La situación de Atlanta, ocurrió cuando visitó un sauna, donde los hombres deambulaban semidesnudos por todo el local de tres pisos, algunos salían con el pequeño taparrabos hasta la piscina y caminaban por el jardín. Ahí los encuentros no se exhibían. Con una pequeña seña se seguían hasta las diminutas habitaciones privadas, donde solo cabía una pequeña cama de cemento recubierta en cerámica. No todas las salas estaban iluminadas, al contrario, en la mayoría de ellas, la luz era escasa o casi nula. Una de las salas más oscuras era el laberinto, las personas andaban a tientas, para no chocar contra otros. Dimitri trataba de afinar la vista y de esa forma pretendía llegar a la salida. Pero solo captaba sombras. Una mano lo detuvo. Era una mano fuerte, grande que se posó primero en el hombro luego bajó por su espalda y sujetó una nalga. Sintió como lo sujetaban y lo arrastraban, hasta unir su pecho con otro pecho. Lo besaban en la boca, solo era una sombra que lo sometía. La oscuridad creaba un hombre invisible y ese hombre invisible, lo estaba poseyendo. Le introdujo un dedo en la boca y le dijo.

— Muéstrame cómo lo haces.

Dimitri empezó a lamer el dedo del hombre, la sombra lo retiraba de su boca y lo volvía a introducir. Al hijo del cónsul, no le quedó más que comenzar hacerle la felación, primero a uno, luego a dos y finalmente a tres dedos juntos. En un momento la voz le ordenó: Ahora arrodíllate y hazlo igual. Dimitri obedeció, tomó el pene entre sus manos y lo llevó a la boca. Era algo que fácilmente podría cumplir. Eso pensó. Pero algo nuevo aprendería. De pronto sintió una pierna que se apoyaban en su espalda y unas manos que estiraban la comisura de los labios obligándolo a mantener la boca abierta, primero se descargó un hombre y después de este, lo hicieron tres más. En un momento se quedó solo en medio de la oscuridad. Salió del laberinto a una sala iluminada y todo su cuerpo estaba cubierto de semen. Fue a la ducha común y se aseó. Un hombre negro, de musculatura desarrollada, se acercó hasta ducharse a su lado. El hombre tomó un poco de jabón del dispensador de la pared y le empezó a enjabonar la espalda.

—Aun no hemos terminado contigo, sígueme.

Dimitri cerró el grifo, retiró el exceso de agua de su pelo y de su cuerpo con las manos, terminó de secarse con una toalla. El negro comenzó a caminar y él lo siguió. Pasaron por una hilera de puertas. El hombre abrió una, ambos entraron. Antes de poder captar a plenitud lo que sucedía, la puerta se cerró tras él. Tres hombres lo esperaban. Esta vez la luz se mantenía encendida y todos podían verse. En medio de unas nalgas completamente blancas como lunas llenas, se introducían los largos y gruesos falos negros. Si antes tuvo que complacerlos con su boca, ahora era su ano, quien recibiría las envestidas y las ráfagas de líquido blanco y espeso. No solo se oía el jadeo, también la voz de los hombres dándose órdenes entre ellos. Unas órdenes que buscaban ser más rudos, más fuertes, más salvajes y con esto herirlo, romperlo. Entre todos lo consiguieron. Un hilo de sangre recorrió su muslo, lo notó cuando al finalizar, ese líquido rojo se diluida con el agua que salía de la regadera. De nuevo no se sintió ni envilecido, ni abatido. El haber resistido ese encuentro, lo hizo fuerte.

Esta noche demostraría lo aprendido. Luigi se permitía actuar libremente frente a Harold. Así que mientras este mantenía a Dimitri abrazado por la espalda, él comenzó a besar el pene del joven. El belga tenía el privilegio de verlo complacer a los hombres como lo haría una meretriz. Solo por ser más lúbrico, también comenzó a complacer el pene de Harold. El instrumento del hijo del cónsul estaba mejor dotado pero el del belga no era nada despreciable. La Cardenala se entretenía con ambos. De pronto sintió como dos dedos se colocaban a ambos lados de su boca y lo obligaban a mantenerla abierta. El miembro del belga entraba ahora con facilidad. No se conformó con esto y obligó al hijo del cónsul arrodillarse, ahora eran dos bocas la que tenía a su disposición. Sujetaba la cabeza de ambos y unía sus caras, frotándose entre ellos. Este será un encuentro para recordar, pensó Luigi, el mismo pensamiento lo tuvo Dimitri. Y todo apenas comenzaba.

32. ANDRÉS. LA HISTORIA.

Luigi internamente sentía una gran atracción hacia Harold, ser sodomizado por él, lo disfrutaba más que por cualquier otro, por eso le permitía hacerlo tanto entre los grupos de hombres o los bisexuales. Para el resto resultaba una visión excitante, ver a esos dos hombres en sus encuentros sexuales. Ni el más mínimo ápice de femineidad surgía entre ellos. Podría decirse lo mismo de Dimitri, aunque este siempre preferiría dominar a través de los placeres que el pasivo debe dar. De pie entre ellos, el belga asemejaba el Coloso de Rodas, los otros dos hombres, barcos anclados bajo de él. El hijo del cónsul, se acostó en el piso para estar a la altura del miembro de Luigi y así poder probarlo. Desde arriba Harold contemplaba la escena. Sujetó la cabeza de la Cardenala con ambas manos y le hundió su miembro hasta el fondo de la garganta. Luigi contuvo la respiración, pero no logró soportarlo, sus ojos se aguaron, una fina masa acuosa salió de sus fosas nasales y comenzó a toser. Ambos hombres se vieron. Harold le hizo una señal, él volvió abrir la boca y el belga repitió la acción, pero lentamente, muy lentamente, hasta el fondo de la garganta. Esta vez sí pudo soportarlo. Dimitri se arrodilló, ahora le tocaba su turno. El belga le sujetó la cabeza con ambas manos igual como había hecho con Luigi, e igualmente le hundió su pene hasta el fondo de la garganta, cuando sintió que no podía ir más lejos, se detuvo, pensaba retirarlo, pero el hijo del cónsul le sujetó las caderas y el mismo término de introducirse los pocos centímetros que faltaban, haciendo sentir esa doble frontera. Su nariz rozaba los vellos dorados del belga. Quedó así varios segundos. Harold estuvo a punto de correrse, pero Dimitri experto como era, apretó con sus labios el glande del hombre y lo hizo retenerse. Una vez logrado su objetivo, volvió a realizar la misma maniobra, se llevó el falo hasta el fondo de la garganta, lo retuvo ahí varios segundos mientras le sujetaba las caderas, luego apretaba con los labios la punta del glande evitando que se corriera. La excitación se mantenía. Harold enloquecía, quería derramar su semen y Dimitri impidiéndoselo, lo torturaba. Esta vez era el hijo del cónsul, quien guiaba la entrega. Llevó a los hombres hasta la cama y acostó a Luigi, se colocó sobre él y lo obligó a seguir saboreando su pene, él hacía lo mismo. Una felación mutua. Harold vio las nalgas del joven que se le ofrecían y lo penetró. La Cardenala por instantes probaba el miembro de Dimitri y de ahí pasaba a lamer los testículos del belga, de pronto sintió como los dedos del invitado entraban entre sus nalgas, abriéndolo. Ahora una lengua lo recorría humedeciéndolo. La Cardenala comenzaba un viaje sensorial. Harold vio la excitación de su amigo, le sujetó el cuello con una mano y lo apretó, el semen de la Cardenala, brotó a borbotones y quedó inmóvil jadeando. Dimitri se colocó ahora de pie frente al belga de manera que pudiera probar su miembro, pero el belga le dio media vuelta, se escupió la mano, la pasó entre las nalgas del hijo del cónsul, le abrió las piernas y lo penetró suavemente, después lo hizo con furia. Lo ahorcaba con su antebrazo y con la otra mano le tapaba la boca. Dimitri forcejeaba, pero estaba en desventaja, el otro cuerpo más fuerte que el suyo, no lo dejaría escapar. Se dejó someter, una, otra y otra embestida. Sabía que no le sería fácil hacerlo acabar. Se colocó boca arriba abrió las piernas y dejó que

Harold continuara. El falo volvía a entrar y salir una y otra vez. Una y otra vez. Tenía la misma risa burlona de Emily y al igual que ella, exigía ser abofeteado. Harold en un principio no fue rudo, pero un instinto animal surgió sin cadenas. Abofeteó a Dimitri con fuerza, le escupía y regaba con su mano la saliva por toda la cara. ya no pensaba, era un monstruo y como tal se comportaba. El hijo del cónsul lo sabía, ahora solo tenía que cansarlo, como se cansan a los caballos salvajes para después poder montarlos con facilidad. Lo acostó boca arriba y se sentó sobre él, moviéndose de mil formas diferentes, a veces en círculos, a veces lentamente de arriba a abajo. Harold cerró los ojos y dejó que el joven hiciera su trabajo, ya al no poder aguantar, abrió los ojos. Dimitri ya no era Dimitri por un extraño sortilegio vio la cara de Andrés, volvió a cerrar los ojos y eyaculó dentro del joven. Quedó inmóvil. Luigi tomó su turno y comenzó a penetrar a Dimitri, quien yacía con la cara sobre las almohadas. Dejó que la Cardenala se comportara como quisiese, ya le llegaría su turno. Cuando sintió que acababan dentro de él, acercó su boca a la nariz de Luigi y aspiró. La Cardenala sintió desmayarse y perder la razón. Se acostó viendo el techo, con una respiración inconforme. Dimitri acercó su boca al oído del hombre y le dijo.

— Esto apenas comienza.

33. ANDRÉS. LA HISTORIA.

Los hombres se tendieron sobre la cama. Harold y Luigi se unían a través de los hombros. Dimitri como un buen cachorro, estaba acurrucado a los pies de ambos amigos. Ya hacía mucho tiempo que no era cachorro, pero frente a ellos, seguía comportándose igual. Aunque esta noche haría todo lo posible para lograr su objetivo. Demostraría que dejó de ser una presa y se convirtió en cazador, así quizás todo cambiaría y sería en un futuro tratado como un par. Para él, la presa a cazar esa noche, era la Cardenala y por cómo estaban sucediendo las cosas, de seguro lo lograría. Recordó la raya que Harold no aceptó. Se dirigió a la mesa, la dividió en dos, llamó a Luigi y cada uno inhaló su porción. Luego se tendieron en la cama, Dimitri sobre Luigi. El hijo del cónsul empezó a morder la espalda de la Cardenala, dejaba una línea de dientes marcados con pequeños intervalos. Harold observaba. Cuando llegó a la altura de las nalgas, comenzó a mordisquear una de forma circular. El belga ya sabía las intenciones de Dimitri. El hijo del cónsul estaba marcando la presa, primero haciendo la Ruta del Jabalí, luego la Nube Rota, de estar en lo cierto solo faltaría la estocada final con la Marca del Tigre, esperó a ver si sucedía y en efecto sucedió. Dimitri volteó a Luigi y lo colocó boca arriba, le alzó una pierna y mordió con cierta presión el área donde termina la piel de la nalga y comienza la zona del ano. Lo había marcado. Harold entendió que el invitado, tenía otro nivel, esperó a ver que tanto conocía.

El pene de Luigi comenzaba a crecer, y antes de que la sangre recorriera todos los conductos, Dimitri se dirigió hasta su ropa, de un bolsillo sacó un pañuelo y una pequeña cadena compuesta por ocho esferas de diferentes tamaños, colocó todo cerca de él. Mientras su boca se encargaba de que el miembro alcanzara su mayor dimensión, con el pañuelo hizo un nudo alrededor de los testículos de la Cardenala y luego lo continuó con un doble nudo en la base del pene, buscaba contener ese caliente río rojo y mantener una erección que llegaría a ser dolorosa. Se sentó sobre Luigi penetrándose. Ya empalado, inició el movimiento. Separó las piernas de la Cardenala y le introdujo por el ano la cadena de esferas, una por una, tomándose su tiempo. Cuando sintió que solo quedaba una se detuvo. Siguió moviéndose, pero esta vez de una forma diferente, se colocaba en la punta del pene y se deslizaba alternando la nalga que tocaría primero el pubis masculino. Sujetó la barbilla del hombre con los dientes y con los labios. Pasó un dedo por el borde de la tetilla y lo llegó hasta el otro pezón, dejando la marca de la uña, en una fina línea enrojecida. La Cardenala cerró los ojos y comenzó a jadear. El hijo del Cónsul retiro lentamente la cadena de esfera, de forma tal, que Luigi sintiera los diferentes tamaños. Todo ha debido concluir ahí, pero no fue así, Dimitri tenía su objetivo y todo salía como lo planificó. Dejó de estar sobre el hombre y ahora él era quien lo penetraba, su pene mucho mayor entró con dificultad, pero Luigi no opuso resistencia, ni hizo caso al dolor que sentía al ser desgarrado internamente. Una y otra vez, una y otra vez, cien veces no fueron suficientes. Llegó a abofetearlo, Luigi no se defendía, solo sentía, y lo que sentía era placer. Cuando Dimitir sintió que eyacularía, desanudó el pañuelo del hinchado y adolorido pene de la Cardenala, quien volvió a derramarse inmediatamente. El hijo del

Cónsul debía optar entre acabar dentro de su presa o por el collar de perlas, decidió lo segundo y un abundante semen recorrió el cuello de Luigi. Por primera vez, Harold veía como otro hombre sodomizaba a su amigo. Dimitri se dirigió al baño para tomar una ducha.

—¿Por qué lo has permitido? - preguntó Harold.

— ¿Por qué no hacerlo? - Respondió Luigi.

Lo que no entendería el belga, es que su amigo estaba celoso de los sentimientos que Andrés despertaba en él y como una venganza frente a sus ojos, se entregó a Dimitri.

— Ya has estado con el muchacho del puerto. - Luigi trató de minimizar a Andrés, llamándolo "El muchacho del puerto".

— No, pienso que nunca ha estado con algún hombre, sospecho que Anet fue su primera experiencia. - Respondió Harold.

— Promete algo. En su primera vez, lo desvirgaremos entre los dos. -Luigi mirando fijamente a su amigo, esperaba la respuesta.

Encolpio y Ascilto se pelean por Gitón.

34. ANDRES. LA HISTORIA

Dimitri regresó de la ducha. Realmente era un hombre hermoso, su cuerpo sin ser excesivamente musculoso era elegante, bien definido, fuertes piernas, abdomen plano, pecho ancho, pectorales levemente pronunciados, brazos marcados, manos finas. Fácilmente serviría de modelo para representar los Kouros del periodo arcaico del arte griego. Claro con una leve diferencia, el tamaño de su miembro, que aun flácido, de haber sido esculpido, de seguro llenaría de indignación al Papa Pio Nono. El belga sentado en la cama, apoyaba la espalda sobre el respaldo de cuero blanco, capitoneado con botones negros, Dimitri le separó las piernas y se sentó entre ellas, su espalda descansaba en el ancho y velludo pecho de Harold, quien con una mano comenzó a acariciarlo. A su vez el hijo del cónsul acariciaba el pelo de Luigi.

— ¿Dónde has aprendido lo que he visto? - Preguntó el belga. Sin dejar de tocarlo.

— ¿El no permitir que te corrieras? -Dimitri, respondió con una pregunta. Hacía referencia al arte de la felación, que con destreza dominaba. No solo en cómo hacerlo, sino en el objetivo perseguido. Esta vez quiso enloquecer al belga con la técnica de la presión, lo que le impedía eyacular, pero de quererlo, utilizando la técnica del receso lo hubiese hecho derramarse múltiples veces de manera continua, en intervalos no mayor de cinco minutos.

— No. A marcar la presa. - Respondió el belga.

— ¿Sabías que lo estaba marcando? - Dimitri utilizó un tono jovial, casi infantil al hablar.

— Claro, ambos lo sabíamos. Las huellas del Jabalí. Luego la nube rota y al final la mordida del tigre. ¿De qué otra forma se marca la presa? Respondió Harold, dándole a entender que, si logró hacerlo, fue solo porque Luigi se lo permitió y no por desconocer el ritual.

— En un Áshram en Puna. - Respondió el Hijo del cónsul. —¿Y ustedes?

Luigi y Harold, rieron.

— Creo que en el mismo sitio. - Dijo Luigi.

 Todos rieron. Los tres hablaban sobre un famoso lugar de meditación en la ciudad de Puna en la India, donde los asistentes comparten las enseñanzas y meditación hinduista, con seminarios prácticos del Kama Sutra. Quizás por la proximidad o el calor de los cuerpos. Dimitri sintió como el pene de Harold despertaba, movió su mano y comenzó a pellizcar el pezón del hombre a su espalda. El pene poco a poco se erguía. Se levantó un poco apoyando las nalgas en los muslos del belga y se empaló. Harold por su parte, lo inmovilizó, anudando con sus brazos los de él y cerrando las manos en la nuca del joven. Luigi no perdió la oportunidad, se colocó de pie sobre la cama y le introdujo su miembro en la boca a Dimitri. No hubo forcejeo, ni excesos. Todo transcurrió lentamente. La Cardenala llegó masturbándose frente a ellos, solo unas cuantas gotas dieron la señal. Dimitri consiguió eyacular ayudado por la mano de Harold que lo mantenía empotrado lo más al fondo posible. Él también derramó unas gotas de semen dentro del chico, cuando este se contorsionó al alcanzar el orgasmo. El encuentro había terminado. Como siempre la experiencia con el hijo del cónsul, se recordaría el resto de la vida. Se vistieron, caminaron hasta el estacionamiento. Dimitri subió a su auto lo puso en marcha y se despidió.

— De seguro el chico del puerto no es mejor que él. Solo divirtá-
monos un poco. Lo desvirgamos entre los dos y luego se lo entre-
gamos a la manada. No arriesgues todo lo que has conseguido. -
Le dijo Luigi a Harold-

La Cardenala no solo sentía celos, también sentía una justa
preocupación. No quería que su amigo saliese herido. Harold no
respondió. No podía confesarlo, pero al igual como le ocurrió la
primera vez. El cuerpo que se sentó sobre el suyo, por instantes
dejaba de ser el de Dimitri y se convertía por un extraño e inex-
plicable metamorfosis, en el cuerpo de Andrés.

35.ANDRÉS. LA HISTORIA.

Anet no lograba conciliar el sueño, así que fue a la cocina y se preparó una infusión, luego se dirigió al porche, justo cuando se disponía a sentarse, llegó Harold.

— Me acabo de servir una taza de té. ¿Quieres una?

— Sí, tomaré una ducha rápido y te acompaño.

Harold subió a la habitación, se desnudó y se metió a la ducha, antes de bañarse, se tocó la entrepierna, luego llevó la mano a la nariz e inhaló. Ese característico olor, le generó el deseo de masturbarse. Volvió a pasar la mano por su entrepierna, manoseó sus testículos, su pene y volvió a olfatear su mano. Se colocó bajo la ducha, recostó su espalda a la cerámica azul de la pared y lo repitió de nuevo. Su pene comenzaba a endurecerse. Abrió el grifo, el agua fría caía sobre él. Cerró los ojos, pensó en Anet y pensó en Andrés. A los pocos minutos acompañaba a su esposa en las sillas de la entrada de la casa, que permitían disfrutar de la brisa nocturna.

— ¿Cómo te fue con Luigi?

— No quería hablar nada de la fiesta. Se apareció con el hijo del cónsul y hemos terminado los tres en la cama. - Respondió con toda franqueza el belga.

— ¿Y cómo la han pasado? - Anet estaba por encima del instinto de posesión, compartir a su esposo con otras mujeres o con hombres, no le generaba ningún conflicto. Sabía que solo eran encuentros pasajeros, pura diversión. Hasta que apareció Andrés.

— Para serte franco, resultó un buen encuentro. Dimitri se arriesgó a marcar a Luigi y lo más extraño de todo, fue que él se dejó marcar.

— Creo que solo frente a ti, permitiría que alguien lo hiciese siendo observado. - Acotó Anet.

— Es extraño, sobre todo, habiendo sido su cachorro.

Los códigos de conducta, tenían por mal visto, permitir ser dominado por un iniciado. Quizás una conducta atávica del imperio romano, donde el amo podía utilizar al esclavo para la satisfacción sexual, aun en contra de la voluntad de éste. Pero no estaba aceptado que fuera él el penetrado por el esclavo.

— Y mientras estaban los tres juntos, ¿has pensado en Andrés? - Preguntó directamente Anet a su esposo. Lo conocía bien, sabía que no le mentiría, pero tampoco le contestaría. De haber pensado en el joven, de seguro esquivaría la pregunta.

— ¿A qué viene esa pregunta? - Dijo Harold.

Anet, sintió que en la partida de ajedrez que jugaba. Su rival con toda su artillería intacta, se apoderaba de las torres, los caballos, los peones y solo podía defenderse con los alfiles y la reina.

— Luigi y los demás están preocupados. - Anet tampoco mentía y hablaba con toda franqueza, aunque con eso, oiría palabras que podían resultarle muy dolorosas.

— ¿Quiénes son los demás y de que están preocupados? - Harold creía haber ocultado una verdad que para todos era evidente.

— Los demás son la manada y están preocupados de tus sentimientos hacia Andrés. Todos ven la misma conducta que un día me protegió a mí e hizo que te separaras de Luigi y se rompiera una relación de años que parecía consolidada e indestructible. Temen que suceda lo mismo conmigo. - Anet fue tan directa como el disparo de una flecha que logra dar en el centro de la diana.

— Eso no sucederá, ya lo tengo decidido. - Respondió Harold, quiso tomar la mano de Anet, pero resultaría un gesto falso. Se habían prometido ser francos y no venderse ni mentiras ni simulacros. Así que no lo hizo.

— Lo que hallas decidido, recuerda algo. Yo soy más fuerte que él. Por favor, no le hagas daño a Andrés, no lo merece. - Anet si tomó la mano de su esposo. Ambos quedaron viendo una nube que como un chal trasparente cubría una luna en cuarto menguante.

36. ANDRÉS. LA HISTORIA.

No existe una guerra más inútil que aquella que se libra, tratando de sacar de la mente, lo que no se puede sacar del corazón. A la semana del encuentro, Harold citaba a Andrés a su oficina. Algo extraño estaba sucediendo. Normalmente el belga se dirigía a él, personalmente. Esta vez la voz de su secretaria lo llamaba por el parlante del depósito tres donde se hallaba trabajando. Dejó su puesto y se dirigió a la oficina. Al llegar lo hicieron esperar cinco minutos en la pequeña sala que servía de recepción. Luego lo dejaron pasar. Harold lo recibía apoyado en el escritorio. Lo saludó amablemente y lo invitó a sentarse. Andrés obedeció. Desde la silla la visión del belga de pie lo hacía más imponente.

— Sabes que te hemos tomado mucho afecto. Así que hemos decidido ayudarte. Conseguimos una beca trabajo, que te permitirá estudiar y trabajar al mismo tiempo. Ganarás una cantidad considerable de dinero. Será suficiente para que puedas ayudar a tu familia y además podrás seguir estudiando. - Harold hablaba de forma segura, pero en el fondo no quería que sus palabras fuesen oídas.

— ¿Qué sucede Harold? no me citas aquí para una buena noticia,

¿dónde está el problema?- Andrés se atrevió a tutear a su jefe, intuía que todo era una forma elegante de despedirse.

— Es una beca para estudiar fuera del país, te recomiendo que no la rechaces, muchas personas se esfuerzan años por conseguirla, Luigi ha movido sus contactos y ha arreglado que te acepten. Debes marcharte en un mes.

" No lo haré, te amo y no me separaré de ti". Fueron las palabras que vinieron a su mente y quiso pronunciar, pero no las dijo. Mirándolo fijamente a los ojos le contestó con una pregunta. — ¿Es lo que tú quieres?

— No, pero es lo mejor para ti. En este país no tienes futuro.

Andrés se puso de pie, se colocó frente a Harold, se le quedó viendo fijamente. El belga llegó a sentirse intimidado.

— Sabes que te amo. No me alejes. Haz conmigo lo que quieras, conviérteme en tu cachorro y si quieres después compárteme con la manada, pero no me alejes de tu lado. - Andrés no suplicaba, su tono de voz casi era imperativo. Lo aceptaría todo, menos separarse de Harold.

— Es lo mejor para los tres. Ninguno saldrá ileso de esto. Aun alejándote, pasará mucho tiempo para que sanen las heridas. - Respondió el belga.

Hace muchos años, cuando conoció a Anet cometió el error de llevarla a su mundo y ella ya dentro de él, al no poder salir y tener que sobrevivir, jugó las cartas como mejor pudo. Afuera existía una vida, más fácil, más tranquila. Esta vez Harold dejaría escapar a la presa.

— Solo respóndeme ¿Es lo que tú quieres? Si me dices que sí, me iré. Si me dices que no, me quedo y ocupo el puesto que tú quieras en tu vida. - Andrés no vacilaba al hablar, quería demostrar una actitud controlada, pero sus ojos se convertían en lagunas prontas a desbordarse.

— Sí, es lo que quiero y es lo mejor para los tres. - Volvió a repetir Harold.

— Está bien, acepto, dentro de un mes me iré. Pero tú y yo tenemos algo pendiente ¿Cuándo? - Aunque la actitud era firme y casi retadora, una lágrima que cobraba vida lentamente, traicionó a Andrés.

— La noche antes de tu partida. - Respondió el belga. Caminó hasta la puerta, la abrió.

Andrés salió sin ver atrás, no regresó al trabajo, ni ese día, ni los siguientes.

37. ANDRÉS. LA HISTORIA

—Desde hace días casi no hablamos y no sé nada de Andrés. ¿Sabes algo de él? - Preguntó Anet, mientras servía la cena.

—He hablado con él. Luigi le consiguió una beca para estudiar en la ciudad de Mérida, en México. Es un buen sitio para vivir.

Harold trataba de no darle importancia al tema, pero para ambos resultaba difícil y doloroso. Los amantes con los que habían compartido el lecho fueron tantos que algunos ya estaban olvidados. Pero ninguno logró despertar en ellos, los sentimientos que ahora querían evitar sentir. Anet, no solo vibraba al contacto de la piel del joven, era algo que iba más lejos de eso. Despertaba en ella un sentimiento olvidado, más allá del deseo, quizás más allá del amor. No lo podía explicar, aunque hubiese pasado noches en vela, tratando de conseguir la respuesta. Quería sentirlo estallar dentro de ella, ese bombeo en su interior y luego sentir su líquido bajar por su muslo. Pero también quería protegerlo, cuidarlo. Harold por su parte, controlaba de una manera casi inútil, el deseo. Sí, el deseo de ver como se comportaría, cuando desnudos ya, lo tuviese solo para sí, abierto, penetrado, gimiendo. Prestaría especial atención a la forma de mirar, de mover los labios. Fantaseaba con las palabras que pronunciase, estas serían pidiendo que parase cuando su falo estuviese completamente dentro de su cuerpo, o, por el contrario, le pediría que no se detuviese. Fantaseaba con la forma que movería su cuerpo. Procuraría una huida o soportaría hasta el final, siendo su primera vez. También, aunque lo ocultase, quería saber, que palabras diría, como lo miraría, como movería su cuerpo, cuando en su turno del encuentro, fuese Andrés el que lo penetrase. Muchas fueron las veces, que en solitario se masturbó con este pensamiento. Lo había imaginado de mil formas diferentes. En algunas, él atraía al joven hacia sí, abriría las piernas, le tomaría el pene con una mano y lo guiaría, hasta estar dentro de su cuerpo. Le sujetaría con las piernas la espalda, evitando que se separase. En otras pensaba que lo acostaría y se sentaría sobre él, no permitiría que se moviese y al hacerlo eyacular, quedar quieto, hasta sentir como poco a poco aquel miembro duro, solo era un musculo flácido. Pero conociéndolo y sabiendo su forma de actuar, de seguro ocurriría de una forma violenta, hasta ser sometido por Andrés, contra una pared o sobre una mesa, y no, con movimientos acompasados, al contrario de seguro la agresividad reinaría. Tratando de demostrar una superioridad viril. Con fuerza, sin descanso, como hace la nueva camada cuando quiere destronar al guía de la manada. Una pelea sin descanso, donde los cuerpos sudasen, las bocas se cansasen de besar, de morder. Las lenguas se cansasen de lamer cada espacio, cada rincón, cada centímetro de piel, donde las manos se cansasen de sujetar, pero también de acariciar. Donde los penes no encontrasen otro orificio que visitar, e hinchados explotasen. En su interior el belga, preferiría esta forma de entrega. Se dejaría ser dominado, pero demostrando que se encontraba con un igual. Otro macho alfa.

— ¿Piensas dejarlo ir? - Preguntó Anet sorprendida.

— Sí. Es lo mejor para todos. - Respondió el belga.

— ¿Es una decisión que has tomado, pensando en mí, pensando en él o pensando en ti? - Anet no trataba de obtener una respuesta para sí, quería que su esposo la respondiese para él.

— Esta vez he sido egoísta, es una decisión que he tomado pensando que es lo mejor para mí.

Harold extrañamente respondió con una mentira. Lo que deseaba era sentir el cuerpo de Andrés. La decisión la tomó pensando en Anet. Tanto era lo que sentía por ella, que, por primera vez, no quería arriesgarse, no a perderla, si no a herirla. Fue una mentira inútil. Anet lo conocía muy bien, sabía que le mentía y una vida así, un amor así, no le servía. Solo aceptaría seguir juntos, si después, que él estuviese con Andrés, al día siguiente, regresase a ella. Terminó de servir la cena, comieron y se acostaron. Al dormir, Harold, atrajo a su mujer hasta su pecho y la abrazó con un solo brazo. Anet en silencio y sin que su esposo lo notase, lloró, quizás estos fuesen los últimos abrazos, pensó. Si él tenía un plan, para mantener vivo ese amor. Ella ya tenía el suyo, para no solo mantenerlo vivo, también lo quería mantener real, sin simulacros, ni mentiras.

Ya la luna, creaba un camino plateado sobre el mar, las estrellas abrían y cerraban los ojos. Andrés deambulaba en el bulevar del puerto, igual como lo hacían otros solitarios fantasmas, que buscaban entregas fortuitas. Una sombra se acercó a él.

— ¿Qué haces aquí? - Le preguntó una voz conocida.

38. ANDRÉS. LA HISTORIA.

— Lo que hace todo el mundo. - Respondió Andrés, sin saludar. Luego preguntó. ¿Y tú qué haces aquí?

— Ando de cacería, busco un chico que quiera pasar un buen rato, por algo de dinero. No te lo propongo, porque te conozco y sé que no vas pendiente de eso. - Respondió francamente La Cardenala.

Unas gotas comenzaron a caer sin avisar, unas tras otra.

— Esta lluvia, nos abortó el plan, ven sígueme al auto, te llevaré a casa. - Propuso Luigi.

Ambos hombres comenzaron a correr, al llegar al auto, Luigi le abrió la puerta trasera para que subiera. Una vez dentro, Andrés se dio cuenta que alguien estaba en el asiento del copiloto.

— Pues creo que lo has conseguido antes de que te mojaras por la lluvia. De seguro la pasaremos bien, es muy atractivo. - Dijo el desconocido viendo a Andrés y regalándole una sonrisa cortés.

— No es lo que tú crees. - Le respondió. Luego dirigiéndose a Andrés. - Creo que no tendrás problema en acompañarnos a la casa de la playa, debo buscar las llaves de la lancha. No será más de una hora. ¿Puedes ir?

— Si no tardas más de una hora, puedo acompañarlos. - Respondió Andrés.

— Por cierto, no los he presentado, Andrés te presento a Dimitri. Dimitri te presento a Andrés.

El hijo del cónsul, tendió la mano sobre el asiento. Ambos se saludaron viéndose fijamente.

— Nunca te había visto en el camino del puerto y por lo que has dicho, creo que ya sabes para que van los hombres allí. - Luigi se dirigía a Andrés observándolo por el espejo retrovisor.

— Sí, sé a lo que van.

— Y ¿cómo estuvo tu paseo?. - Preguntó Dimitri.

— Apenas comenzaba a caminar. Respondió Andrés.

— Quizás en la casa de la playa consigas lo que estabas buscando. - El hijo del cónsul quería resultar amistoso, el joven le parecía bastante atractivo y al oír el nombre, recordó que en algunas ocasiones Luigi habló de él.

Dimitri, desconocía el temperamento de Andrés. Quizás con otro, esta conversación, podía resultar agradable, hasta risible, siempre que se mantuviera entre iguales que buscan lo mismo. Pero Andrés era un animal herido. Era un alma en el vestíbulo del infierno, sin voluntad, indeciso e inútil. La propuesta de Harold le enseñó algo que desconocía y pensaba imposible. Le enseñó que amar duele, y duele en el corazón. Lo comprobó cuando cerró la puerta de la oficina, dejando tras de sí, su hombría y su orgullo. Fue un dolor inmediato, una mano sujetaba fuertemente el corazón y lo apretaba. Le faltó el aire, quiso

llorar y no brotó ni una lágrima, aun así, sentía que lloraba. Muy dolorosamente lloraba, quien pasase a su lado lo descubriría, no por las gotas que salieran de sus ojos, si no por el movimiento de los labios y el quejido lastimero que quería hacerse público, pero se mantuvo en privado. Sí, el corazón duele, cuando lo golpea el desamor. Después de esa tarde, casi todas las noches llegaba al muelle. Siempre conseguía, quien lo siguiera y quien lo satisficiera. No tenía que cruzar ningún tipo de palabras.

Caminaba directo a los arbustos, bajaba el cierre del pantalón, sacaba su pene, normalmente en un estado que no llegaba a estar completamente erecto. Cuando se arrodillaban frente a él, sujetaba la cabeza del desconocido con ambas manos. Moviéndolo lentamente. Si por cuestiones de la excitación, se desesperaban y querían hacerlo más rápido, Andrés lo separaba y obligándolo a verlo a la cara, le decía con autoridad. "Mámalo suave". Le gustaba sentir como tragaban cuando los bombeaba. Esa contracción de la garganta, aun con su pene adentro. Quizás era el epítome de la sumisión. Pero las noches no terminaban ahí. Terminaba en la misma roca, que siempre lo invitaba a saltar, para poner fin, a una vida que no le servía.

Llegaron a la casa de la playa. Todos la conocían. Esta vez la Cardenala, le informó al grupo que estaría ocupada, así que de seguro nadie los interrumpiría. Pensaba recoger en el paseo de la playa a cualquier chico, de los que abundaban y a cambio de dinero, se prestan a cumplir lo que les soliciten. Lo harían suyo entre los dos. Ya lo habían hecho en otras ocasiones y normalmente, estos jóvenes salían heridos, por causas del encuentro. No todos aceptaban de buena gana las envestidas del hijo del cónsul.

— Iré a buscar las llaves, por cierto, Dimitri, puedes medirte los trajes de baño, quizás alguno te sirva para la reunión en la piscina mañana.

La Cardenala, fue hasta la habitación, trajo consigo una cantidad de trajes de baño y los colocó sobre la mesa. Luigi, lanzaba el señuelo, Dimitri lo recogía. Captó con la mirada la estrategia de la Cardenala. Cuando este abandonó la casa. Ya estando a solas. El hijo del cónsul comenzó a desnudarse frente a Andrés, con la excusa de probarse la ropa. Andrés contrastó el cuerpo del hombre, con los vistos en las duchas del puerto. Ninguno se le podía comparar. Realmente era un hombre atractivo en la plenitud de su vida.

— Creo que este negro, me queda bien, ¿no te parece? - Preguntó

Dimitri.

—Creo que ese no podrá ser. Es el de Luigi. - Respondió Andrés.

—Bueno, tendré que probarme otro.

Dimitri se desnudó, su pene empezó una lenta erección, demostrando que podía erguirse y crecer, solo con los pensamientos. Orgulloso como estaba dejaría que el joven lo contemplara. Andrés sintió como su pene también comenzaba a endurecerse.

39. ANDRÉS. LA HISTORIA.

Dimitri tomó un traje de baño negro, con franjas verticales verdes y naranjas, que resaltaba la forma redondeada de sus nalgas. Una pequeña línea de vellos completamente negros podía observarse en su coxis. El bañador, resultaba insuficiente en su tamaño y el glande de un pene completamente erecto desafiaba la barrera de la tela y se asomaba a la vista de todos.

— Creo que esto no me servirá por obvias razones. No puedo acomodarlo bien, ni para este lado, ni para este otro. - Mientras decía esto, Dimitri dejaba completamente libre su pene y luego lo trataba de cubrir con la ropa, primero del lado derecho, luego del izquierdo, dejando siempre que el extremo quedara expuesto.

Comenzó a lubricar, una fina baba trasparente que tomó con el dedo índice, cuando lo unía al dedo pulgar y luego separarlo quedaba como un puente colgante. Acercó la mano a su boca y secó sus dedos, saboreándolos.

—Creo que tampoco podré probarme más trajes de baño. Los ensuciaré todos.

Esa imagen provocó el mismo efecto en Andrés y podía verse una leve mancha en su pantalón, justo donde su pene, palpitando, también daba muestras de vida. Dimitri captó lo que sucedía y seguía provocándolo, esta vez con una mano retiró toda la piel que recubría el glande y dejo ver un capullo rosada, que muchos dicen ser tan suave como el terciopelo. Con la otra mano, volvió a tomar un poco del trasparente líquido y de nuevo lo llevó a su boca.

— Creo que me puedes echar una mano con esto. - Le dijo Dimitri a Andrés.

— Creo que mejor me echas tú una mano con esto. Respondió Andrés, aflojando su correa y mostrándole su pene. Aunque un poco menor de tamaño, era mucho más grueso.

Dimitri aceptó la invitación y se arrodilló. Andrés le sujetó la cabeza con ambas manos, como estaba acostumbrado pero el hijo del cónsul, tenía también sus estrategias. Así que sujetó las manos del joven fuertemente y las llevó hasta su espalda, antes de comenzar la felación, le dijo:

— Así que prefieres el rol activo y eres dominante, nunca lo hubiese pensado siendo como eres el cachorro del belga.

Estas palabras surtieron el efecto antagónico al perseguido. Dimitri pensó que lo excitaría, pero no sucedió así. Andrés se liberó las manos y se separó.

— ¿Conoces a Harold? - Preguntó. Su estado de ánimo cambió, la rigidez de su miembro había desaparecido. Se separó y quedó recostado de la pared. Frente al nombre de Harold, se hacen inútiles todos los intentos del olvido.

— Claro, el macho alfa de la manada, de no haberme interesado en Luigi, fácilmente me hubiese fijado en él. - Dimitri se puso de pie. Notó el cambio de ánimo.

— ¿Has estado con él? - Preguntó un entristecido Andrés.

— Todos en la manada han estado con él y creo que con gusto repetirían. Tú siendo su cachorro de seguro lo habrás disfrutado muchas veces. Si ya permitió que el grupo se acostase contigo.

—Nunca he estado con él. - Confesó Andrés. -

Dimitri no entendía lo que sucedía, desde hace muchos años conocía a la manada, su forma de actuar, sus reglas. Puedes divertirte con quien quieras, pero solo los favoritos son llevados a la manada y de esos, los que se consideran especiales, tienen el privilegio de convertirse en cachorros. Los que los hace iniciarse con uno solo. El hijo del cónsul, fue el cachorro de Luigi. Él pensaba que viviría una relación diferente, pero terminó siendo solo un objeto. Lo dio todo, lo sacrificó todo, lo arriesgó todo por la Cardenala y este de todas formas, lo trató como a los otros. Dimitri lo aceptó con tal de no perderlo, con tal de no sentirse abandonado. Pero, aun así, Luigi lo abandonó. Gracias a su inteligencia, posición social y otros atributos no fue desechado. Y ahora los trataba como a iguales. Pero conoció a muchos con una suerte diferente. Tanto hombres como mujeres, que pensaron haber llegado a un mundo ideal, para darse cuenta luego, que solo eran una mercancía, un número, un recuerdo, quizás, ni siquiera, nada de eso.

— ¿Qué te sucede? Preguntó Dimitri, mientras se cambiaba el traje de baño por su ropa interior.

Andrés, no pudo responder, cuando lo intentó, como un niño perdido, comenzó a llorar. El hijo del cónsul quiso acercarse, pero no lo hizo, consolarlo solo lo hundiría en su dolor. Sintió una inmediata empatía. Muy difícilmente podía observar el gesto de reventar en llanto por puro dolor frente a un desconocido. Un gesto tan humano en ese mundo, donde todos mostraban sus vicios, pero ocultaban sus heridas. Nunca lo confesaría, pero él sintió el mismo dolor, cuando un día, abrió una puerta y Luigi junto a otros cuatro hombres, entre los que se encontraba el belga, lo esperaban, turnándose para estar con él y al finalizar la noche, verse roto, usado y olvidado. Después de eso no fue el mismo y se hizo fuerte.

— ¿Te has enamorado del belga y temes ser abandonado una

vez se canse de ti? No dejará a Anet, puedo asegurártelo. Pero te puedo ayudar, a salir lo menos herido posible.

El hijo del cónsul pensaba seguir hablando, pero se oyó el sonido de la puerta al abrirse.

— Creo que he llegado a tiempo. - Dijo la Cardenala al ver a Dimitri casi desnudo y Andrés con los pantalones a la altura de sus muslos . —Si no les molesto, me uniré a la fiesta. - Agregó en un tono amistoso mientras se desnudaba.

Dimitri se acercó a Andrés y en voz baja para no ser escuchado por Luigi le dijo:

— Te enseñaré como debes tratarlos, solo obsérvame y si es posible, pórtate peor.

Ya la Cardenala estaba completamente desnudo. Dimitri se le acercó, le sujetó la boca con una mano, hizo presión hasta que lo obligó a abrirla y le introdujo dos dedos de la otra mano, comenzó a moverlos tratando de atraparle la lengua. Lo vio fijamente y le dijo. "Ya dejaste de ser un alfa y sabes cómo debes comportarte y lo que debes hacer". Luego con una señal, le pidió a Andrés que terminara de desnudarse y él le obedeció, el hijo del cónsul sujetaba ahora a la Cardenala por el cabello, lo arrodilló frente a Andrés.

— Quiero ver como lo haces llegar, le dijo Dimitri a Luigi.

Andrés también lo sujetó por los cabellos. Luigi se sentía atrapado por cuatro manos. Esa noche el objeto terminaría siendo él y apenas todo estaba comenzando.

40. ANDRÉS. LA HISTORIA.

El comportamiento de Dimitri, le resultaba extraño a Luigi. Atreverse a usurpar la posición de un macho alfa, requería de bastante determinación y valentía. En la naturaleza, entre los animales, podía conllevar a desenlaces mortales, entre los hombres sucedía igual. El hijo del cónsul pretendía dominarlo, frente a un extraño, y peor aún, un extraño que ni siquiera había sido aceptado como un cachorro. ¿Qué buscaba? ¿Qué quería? De habérselo preguntado a la cara y de haber Dimitri respondido sin ambigüedades, le hubiese dicho que buscaba vengarse. Hay cicatrices que se maquillan, pero no desaparecen. Si de vez en cuando reaparecía en la vida de la Cardenala, se debía a dos razones: La primera, siempre quería verlo. No hay nada más inútil, que tratar de sacar de la mente lo que no se puede sacar del corazón. La segunda, buscaba el momento preciso para herirlo. Para hacerlo, sentir feo, usado e inútil. Y de todas las noches, esa era la propicia para lograrlo. Pero algo fallaba en los planes del hijo del cónsul. Ya el belga se le había adelantado, cuando lo dejó por Anet, esos fueron los sentimientos que visitaron a la Cardenala en esa separación. Como siempre sucede, sobrevivió y se hizo fuerte. Si aceptaba ser un pasivo dominado y vejado, solo sería por experimentar un nuevo placer y no por debilidad. El lobo se viste de oveja y termina devorándolo todo. Cuarenta años viajando por el mundo con mente libertina, de seguro, no solo deja bonitas fotografías, también deja valiosas enseñanzas.

El pene de Andrés entraba en la boca de Luigi. Dimitri se apartó de ambos, se dirigió a sus ropas, regresó con unas cuerdas y un frasco de Poppers. Acercó el recipiente con la droga a una fosa nasal de la Cardenala mientras le obstruía la otra con un dedo. No hubo necesidad de obligarlo a inhalar, no era la primera vez que lo usaba. Inhaló una sola vez, pero profundamente. Los demás evitaron hacerlo directamente, pero el olor escapaba y aun sin quererlo, ellos también lo percibieron. Un raro ambiente se estaba creando, un nuevo universo, un borroso universo. Luigi trató de separar sus manos, cuando captó que se encontraban sujetas una con otra a su espalda, mediante cuerdas. Ese era el plan para el invitado, no para él. No se detuvo a pedir explicaciones, simplemente siguió el juego. Andrés movía sus caderas de forma tal que su miembro entraba con un movimiento circular dentro de la boca del hombre arrodillado frente a él. Dimitri lo sujetó por los cabellos y tiró de ellos hacia atrás, obligando al hombre a alzar la mirada y verlos. Cuando sus ojos se cruzaron, el hijo del cónsul lo escupió, parte de la saliva cayó sobre el cuerpo de Andrés, quien, por seguir el ejemplo, también escupió el rostro de la Cardenala.

— Siéntate en el suelo. - Le ordenó Dimitri a Andrés y este obedeció.

Luego abalanzó a Luigi sobre el joven y mientras le sujetaba con una mano el pene al recién conocido lo obligaba a que continuara acostado boca abajo lo que antes hacía de rodilla. Destapó el frasco con Poppers y de nuevo lo presionó para que lo oliera. Esta vez intercaló los orificios nasales. El olor se apoderó del espacio. Andrés lo percibió de forma desagradable. Dimitri cerró el frasco, pero no escapó de sus efectos. Le abrió las piernas y le introdujo su enorme falo de una sola envestida. La Cardenala quiso gritar de dolor, pero se mordió fuertemente el labio inferior, conteniéndose.

— Quiero que te quejes. - Ordenó Dimitri a Luigi mientras lo abofeteaba.

Luigi, hundió su cara en la entrepierna de Andrés y lanzó un leve murmullo.

— Así no. Que te oiga. - Le gritó Dimitri. Y sin miramiento alguno, sacaba completamente su pene y lo introducía de nuevo con furia.

—Uung, uung, unng, se le oía pronunciar en voz alta a la Cardenala, con cada embestida recibida.

Andrés le sujetó de nuevo la cabeza y volvió a obligarlo a que saboreara su falo, hinchado y a punto de explotar. Pero sería Dimitri el que explotaría primero. No lo hizo dentro de su víctima, se retiró, tomó el pene de Andrés y le derramó el semen a todo lo largo, desde el glande hasta el pubis. A una señal del hijo del cónsul, Andrés lo volvió a introducir completamente en la boca de Luigi y también explotó, bombeándolo, una, dos, tres, cuatro veces. La Cardenala saboreaba al mismo tiempo la esencia de ambos hombres. En otro momento Dimitri como buen cachorro lo hubiese besado en los labios en un dulce beso blanco, pero esta vez, cerró con una mano la boca y con la otra la nariz de Luigi y lo obligó a tragar. Lo dejó tendido en el suelo. Se puso de pie, le hizo una señal a Andrés que se apartara y comenzó a orinarle la cara, luego el cuerpo. Le dio media vuelta con un pie, y mojó toda su espalda. Andrés trató de hacer lo mismo, pero quizás por la inexperiencia, solo unas cuantas gotas salieron de él. Dimitri como un vencedor sobre su presa, quería ver el rostro del sometido. Luigi se le quedó viendo fijamente, se mordió la punta de la lengua, dibujó una sonrisa burlona, que luego se trasformó en risa. Abrió los brazos y le entregó la cuerda a Dimitri, diciéndole:

— La próxima vez, el cabo que desate el nudo aléjalo de la mano de la víctima. Voy a darme una ducha, limpia este desastre, y espero que estén listos para más.

41. ANDRÉS. LA HISTORIA

A veces, el que cruza la meta de primero no es el ganador. Dimitri jugó con el cuerpo de Luigi a su antojo, si buscaba obediencia, la consiguió cuando lo hizo arrodillarse frente a Andrés. Si quería sumisión, la consiguió cuando lo obligó a gemir en voz alta, demostrando que una penetración así de salvaje le dolía. Si buscaba vejarlo, lo consiguió cuando cerrándole la boca lo obligó a tragar el semen de ambos hombres. Si buscaba humillarlo, lo consiguió, cuando ya en el piso acostado orino sobre él. Sin embargo y pese a todo, sentía que había perdido, y Luigi con un solo gesto, se levantó frente a él, con una dignidad propia de los vencedores, de aquellos que se sienten estar por encima de las frivolidades y caprichos. Solo con un gesto, le demostró que destronar a un macho alfa, no es una labor sencilla. Pero el encuentro continuaba y aun podía alcanzar su objetivo.

— ¿Lo odias? - Le preguntó Andrés luego de ver como lo trataba.

— No. Todo lo contrario. Puedo estar en cualquier parte del mundo y siempre regreso a él. Es mi pequeño infierno y hace que el resto del mundo sea un infierno. - Respondió Dimitri.

— ¿Por qué no lo puedes dejar? - Andrés comenzó a verse reflejado. Dimitri era la imagen que le devolvería el espejo en un futuro, cuando se parara frente a él.

— ¿Por qué no lo puedo dejar? me preguntas. Creo que entendí demasiado tarde, que no solo logró convertirme en su cachorro, también logró domesticarme. Un silbido, una señal con el dedo y estaba quieto sentado a su lado.

— Pero afuera existen muchos y por lo que me doy cuenta, son muy fáciles de conseguir. Tú puedes escoger a quien quieras. - Andrés hablaba con dos personas al mismo tiempo, hablaba con Dimitri y hablaba con su yo interior.

— Creo que no lo comprenderás. Solo los que han sido domesticados conocen la relación de dependencia que surge. Si te dicen que llegarán por ti a las cuatro de la tarde, desde las tres comenzarás a ser feliz. - Dimitri recordaba cada palabra del diálogo del principito con el zorro. Luigi era para él, único en el mundo y él inútilmente trataba de convertirse en lo único para la Cardenala.

– ¿Se puede ser domesticado sin haber sido cachorro? - Andrés recogió del suelo su pantalón blanco y comenzó a vestirse.

— ¿Lo dices por ti? - Dimitri se adelantaba a los temores de Andrés.

Las historias de ambos hombres se cruzaban, uno se veía reflejado en su pasado, el otro se veía reflejado en un futuro no muy distante. Ambos eran atractivos, ambos eran jóvenes, ambos eran deseables y a ambos les tocó ser cachorros.

— Creo que todavía no hemos terminado y es muy pronto para que te vistas. - Dijo Luigi, mientras llegaba a la sala, cubriéndose con una bata de baño.

Dimitri le hizo una señal a Andrés y este volvió a desnudarse.

— Detrás de esa puerta conseguirás un trapo con el cual podrás secar el piso. - Dijo Luigi a Dimitri.

El hijo del cónsul se dirigió donde le habían señalado. Al regresar vio que la Cardenala le lamía los pies a Andrés. Se le quedó viendo incrédulo. Luigi no se estaba humillando en ese estado de sumisión, lo estaba humillando a él. Andrés no sabía cómo reaccionar y por puro instinto, con el pie que tenía libre, pisó la cara de Luigi y la mantuvo pegada al suelo. Dimitri pensó limpiar el suelo mojado, pero esta vez era Andrés el que le hablaba con señas y le pedía que no lo hiciese, mientras tanto mojaba su pie en el resto de la orina, lo acercó luego a la boca de Luigi y este continúo lamiéndolo. Por segunda vez en una noche, el hijo del cónsul era derrotado.

42. ANDRÉS. LA HISTORIA.

En ambos hombres el corazón latía de la misma forma. El de Dimitri por Luigi, el de Andrés por Harold. El hijo del cónsul no podía engañarse. Era amor, no era otra cosa. Un amor a la antigua, con deseo de posesión, de fidelidad, de entrega absoluta. Lamentablemente la Cardenala, no podía complacerlo, no tenía lo que pedía y, por lo tanto, no podía dárselo. Cuando fue abandonado por Harold, se le olvidó empacar y salió vacío de la casa del belga. Entonces, todos aun con heridas sin sanar, seguían buscando en otros cuerpos, buscando en otras entregas, lo perdido. Llenándose así de nuevas cicatrices.

Andrés, con un pie aprisionaba la cara de Luigi contra su otro pie, le hizo una señal a Dimitri para que se acercara y se colocase a su lado. El obedeció. Dejó libre la cara de la Cardenala, lo sujetó por el pelo y cuando lo tuvo a la altura del pene del hijo del cónsul le dijo.

— Ya sabes lo que tienes que hacer.

Luigi, no obedeció. Sintió que era el preciso momento de demostrar su jerarquía. Se puso de pie, tomó con una mano la quijada de Dimitri y lo besó profundamente en la boca. Al terminar de besarlo, le dio media vuelta, pegándolo contra la pared, sacó el frasco de poppers del bolsillo de la bata y lo hizo inhalar por ambos orificios nasales. Se escupió una mano, la pasó entre las nalgas del hijo del cónsul, le abrió las piernas y lo penetró, mientras le mordía el cuello, como un depredador que sujeta la presa para evitar que escape. Solo colocó la punta de su pene, en el borde del ano de Dimitri y él mismo fue introduciéndolo, moviendo sus caderas, de forma tal que permitiera entrar el endurecido miembro, un poco con cada movimiento.

— ¿Tienes dueño? - Preguntó la Cardenala, en alta voz y autoritariamente.

— Sí. - Respondió Dimitri.

— ¿Quién? - Luigi le sostenía ahora con una mano la cara contra la pared y con la otra hacia presión en la parte baja de la espalda, mientras movía de forma circular el pene dentro del hombre.

— Tú. - Respondió Dimitri.

— ¿Tú qué? De nuevo preguntó Luigi, esta vez con un tono de voz mayor e igualmente de forma autoritaria.

— Tú eres mi dueño. - Respondió en voz baja y casi inaudible el hijo del cónsul.

— No te oigo. - Luigi abofeteó a Dimitri.

— Tú eres mi dueño. - La voz jadeante de placer del hijo del cónsul se oyó claramente en toda la sala.

Luigi lo volvió a besar en la boca. Un beso incómodo, una posición incómoda. Pero Dimitri quería ver el infinito, así que solo cerró los ojos. Se concentró en su respiración, en sentir como entraba y salía el aire de su cuerpo. Se concentró en su piel, en sentir como entraba y salía el deseado pene de Luigi. Como caían las gotas de sudor, como lo tocaban, como lo besaban. Se concentró en los aromas, en los sonidos, en las palabras, en los jadeos. Se concentró en todo, no quería olvidar absolutamente nada. La Cardenala lo separó de la blanca pared que quedó manchada, lo sujetó por el cabello y lo llevó hasta el sofá. Los brazos y la cara del hijo del cónsul descansaban en el borde del espaldar y sus rodillas en el asiento. Sus perfectas y redondas nalgas quedaban a la altura ideal, para que Luigi de pie, lo empotrara. Pensó en hacerlo de un solo intento y de esta forma al dilatar el doble anillo interior, producir el desgarró de uno de ellos, que le recordase a Dimitri a quien le pertenecía. Pero decidió hacerlo suavemente. La Cardenala disfrutaba de un cuerpo inmóvil. Retiraba su falo erguido y lo introducía, lo retiraba y lo introducía, una y otra vez, una y otra vez, una y otra vez. Sabía controlar el momento de eyacular. Podía provocarse el orgasmo de manera súbita con solo unos leves movimientos, o prolongarlo en el tiempo. Optó por lo segundo. El haber sido tratado de forma tan autoritaria y casi humillante por Dimitri en el primer encuentro, despertó en él un deseo dormido, un animal dormido.

Andrés imitó a Harold, se sentó en una silla y mientras observaba atentamente, lo que sucedía frente a él, se masturbaba. Su pene no estaba completamente erguido, solo una leve erección que permitía observar todo su grosor y todo su tamaño, pero aún se mantenía suave. Lo manipulaba, no buscando derramarse, no buscando desbordar su viscoso líquido blanco. Solo lo hacía como un complemento a la puesta en escena en ese momento, como la música que acompaña la imagen de una película. Veía fijamente a los hombres. Estos se habían olvidado completamente de él, tan olvidados de él, que los dos se entregaban, manteniendo los ojos cerrados. Andrés, movía su mano de forma tal que dejaba descubierto el glande y lo volvía a cubrir con su morena y oscura piel completamente. Sujetaba sus testículos, halándolos hasta estirarlos, todo lo permitido. Tocaba sus pezones y de vez en cuando los pellizcaba.

Luigi se sentó en el sofá y Dimitri se sentó sobre él dándole la espalda. Luego de estar en esta posición por varios minutos, inclinó sus brazos y apoyó sus manos en el suelo.

Andrés quiso utilizar la boca del hijo del cónsul, para satisfacerse. Pero de haber estado en su posición y ser Harold su compañero. Lo último que quisiese sería compartir ese momento, así que continuó con su onanismo. Dimitri solo sentía, sus ojos cerrados lo llevaron al infinito, un infinito cuyas paredes se derrumban hacia adentro, como esos edificios que ya no habita nadie y colocando bombas en su interior los hacen implotar. La misma sensación recorría los pensamientos de la Cardenala, quien ya estaba de pie, sujetando con su mano derecha la cadera izquierda y con su mano izquierda la cadera derecha de Dimitri, mientras lo hacía sentir, como eran un solo cuerpo. La Cardenala quería un encuentro próximo, una entrega próxima. Acostó a Dimitri en el sofá, colocó cada pierna sobre sus hombros y lo penetró, mientras lo veía fijamente. El hijo del cónsul abrió los ojos y se encontró con los claros ojos de la Cardenala. Una y otra embestida, una y otra embestida sin dejar de apartarse la mirada. No hubo necesidad de palabras ni solicitudes. Fueron hasta el piso. Luigi se sentó en el suelo. Dimitri se penetró el mismo sentándose sobre el hombre. Ambos colocaron una mano sobre la espalda del otro. Ambos colocaron, una mano sobre el corazón del otro, con sus piernas abrazaban sus cuerpos, sirviendo sus talones como hebillas que se cierran. Se quedaron viendo fijamente en la mirada del otro. Respiraron profundamente. El hijo del cónsul, sintió como era bombeado en su interior. Luigi lo llenaba con su semen, pero sin espasmos, sin gritos, sin jadeos. Solo viendo por la mirada del otro un túnel que llevaba al infinito. El gran pene de Dimitri no llegó alcanzar ninguna erección, durante todo el encuentro, su semen no se derramó, aun así, llegó al orgasmo, una energía lo recorrió internamente. Había sentido la eyaculación retrograda u orgasmo seco.

Andrés vio como unas gotas de sudor recorrían a ambos hombres, quienes aún se mantenían sentados uno sobre el otro y abrazado. Esa imagen tan lúbrica, lo hizo estallar. Uno, dos, tres, cuatro, contó. Fue al baño se dio una ducha, se vistió con su ropa interior roja y viéndose al espejo se preguntó.

¿Quiero una vida así?

43. ANDRÉS. LA HISTORIA.

Al salir del baño. Andrés notó los restos de un polvo blanco en la nariz de Luigi. Rápidamente Dimitri se lo retiró con un dedo que después se llevó a su boca.

— Se está haciendo tarde, debemos irnos. - Dijo Andrés.

— Dentro de dos semanas te irás del país, creo que hay cosas que debes aprender antes de irte. Podemos quedarnos otro rato. - Dijo Luigi.

Él estaba al tanto de todo el plan. Lo mejor para la manada sería dejarlo ir. Tanto Anet como Harold, tenían sentimientos encontrados, sentimientos que no podían ordenar, ni poner en acuerdos. Sentimientos que dejaban a los tres al borde de un abismo. Sí, lo mejor sería dejarlo ir, pero la Cardenala mantenía vivo el deseo que generó Andrés en él, el mismo día que lo conoció. Lo dejaría ir, pero primero lo marcaría.

— Creo que deberíamos tener un encuentro verdadero entre los tres, ninguno de los dos te ha sentido plenamente y tú ni siquiera has participado completamente en la fiesta. Te has conformado con utilizar nuestras bocas y de seguro puedes pasarla mejor. - Le dijo Dimitri a Andrés mientras se le acercaba.

— No desaproveches las oportunidades, hoy es un buen momento para iniciarte. - Agregó Luigi.

— Para mí ha sido suficiente. - Andrés mantenía su posición. Se entregaría completamente, no guardaría nada. Por un instante no sería dueño de su cuerpo, lo entregaría a otra persona sin límites, ni fronteras, y esa persona sería el belga.

— El sexo no es amor. - Dijo Luigi.

— Quizás estés equivocado. - Respondió Andrés y comenzó a vestirse.

Dimitri se le acercó y le acarició el pecho. Ambos se entendían. Si Andrés aceptaba la propuesta, de seguro ese día comenzaría a transitar el camino que el hijo del cónsul llevaba años caminando. Luigi se le acercó y destapó el frasco de poppers ofreciéndoselo. Andrés se negó. La Cardenala insistió y se lo llevó hasta la cara. El fuerte olor se apoderó de todo el salón rápidamente.

— De seguro esto te ayudará a desinhibirte. Luigi le acercó aún más el recipiente al rostro.

— Solo cierra los ojos y déjate llevar. - Agregó Dimitri,

Pero no logró terminar la frase. Andrés, violentamente le sujetó el cuello a la Cardenala y le dijo:

— Te he dicho que no. No insistas.

Luigi analizó la situación, cerró el frasco para evitar derramarlo, lo guardó en uno de los bolsillos de la bata, Tomó rápidamente la muñeca de Andrés, giró sobre sí mismo, inmovilizándolo en pocos segundos.

— No había necesidad de llegar a esto. Menos entre caballeros. Te pido disculpa. Tienes razón, ha sido suficiente por hoy. - Luigi dejó libre la muñeca del joven. Los tres hombres comenzaron a vestirse en silencio.

Internamente Andrés volvió a preguntarse ¿Esta es la vida que quiero? Cerraron la puerta, abordaron el auto y dejaron la casa de la playa atrás. La carretera bordeaba toda la costa. A esa hora era el único auto que la transitaba.

— Algún día será tu primera vez con un hombre. Siempre que eso sea lo que quieras. - Dijo Dimitri tratando de romper el silencio. No lo consiguió, no volvió a pronunciarse otra palabra hasta que dejaron a Andrés en la avenida que llevaba a su casa. Una vez solos en el auto, Dimitri le dijo a Luigi:

— Ha podido convertirse en una mala noche.

— Desde un principio, no auguraba nada bueno la noche. No era la presa indicada para el encuentro planificado. - Respondió Luigi.

— ¿Has venido pensando en eso todo el trayecto?

— No. He estado pensando en ti. ¿Es necesario que llegues a tu casa hoy?

— No ¿Por qué lo preguntas?

— Quédate a dormir conmigo. - Le propuso Luigi.

— Si es lo que tú quieres. Respondió Dimitri.

Desde que lo entregó a la manada, era la primera vez, que le proponía amanecer con él. El resto del trayecto hasta la casa de la Cardenala, el hijo del cónsul repasó todo lo ocurrido en la noche. ¿Qué sucedió, para esa nueva actitud de Luigi? ¿Quizás el haberlo retado en su papel de macho alfa?, ¿Quizás el enfrentamiento con Andrés? - No encontraría la respuesta en esos sucesos. Todo se debía a su interna constitución química. Con la edad los hombres comienzan a disminuir sus niveles de testosterona. Lo que, en algunos casos, altera los estados de ánimo provocando una sensación de tristeza. Luigi esa noche pretendía escondérsele a la soledad. Esa noche no quería dormir solo. Dimitri tampoco quería llegar a ese espacio vacío que habitaba. Ya en la casa subieron a la habitación, se desnudaron, Luigi atrajo la cabeza de Dimitri a su pecho y quedó dormido. El hijo del cónsul, al contrario, quería prolongar ese instante todo lo posible. Por eso se mantuvo quieto y solo cerró los ojos, cuando le ganó el cansancio.

Al día siguiente Andrés regresaba a casa de solucionar algunos problemas surgidos con el pasaporte. Cuando se encontró con A-net que lo esperaba.

— Hola Andrés.

— Hola Anet.

— No puedes irte. No de esa forma. Sube al auto debemos hablar.

Ambos subieron al auto.

— Quieres ir a algún sitio donde podamos hablar tranquilos.

— Sí. - Respondió Andrés.

— ¿A dónde quieres ir?

— ¿A tu casa de la playa?

Anet tomó el camino que bordeaba la costa y se dirigió a la casa de la playa.

44. ANDRÉS. LA HISTORIA.

E l auto recorría la carretera de la costa rumbo a la casa de la playa. Los vidrios bajos, permitían sentir la brisa salada. "Je vais t'aimer", cantada por Loune, sonaba por tercera vez consecutiva en el auto.

Hasta palidecer el Marqués de Sade
Hasta avergonzar a las prostitutas del puerto
Hasta hacer que los ecos pidan piedad
Hasta hacer caer los muros de Jericó
te voy amar.
Hasta hacer arder infiernos en tus ojos
Hasta hacer jurar todos los truenos de Dios
Hasta hacer que se levanten tus senos y todos los santos
Hasta hacer rogar y suplicar a nuestras manos

te voy a amar.

Te voy amar como nadie más se atrevió a amarte

Te voy amar más de lo que en los sueños has imaginado

te voy amar, te voy amar.

Te voy amar como ninguna persona te ha amado

Te voy amar como querría que alguien me ame a mí

te voy amar, te voy amar.

Hasta envejecer y blanquear la noche

Hasta agotar la lámpara y que llegue el día

Hasta enloquecer de pasión

te voy amar, te voy amar con amor.

Hasta rendirnos y cerrar los ojos

Hasta que nuestros cuerpos mueran de sufrimiento

Hasta hacer volar nuestras almas hasta el séptimo cielo

Creernos muertos y hacernos el amor de nuevo

te voy amar.

Te voy amar como más nadie se atrevió amarte

Te voy amar más de lo que en sueños has imaginado

te voy amar, te voy amar.

Te voy amar como ninguna persona te ha amado

Te voy amar como querría que alguien me ame a mí

te voy amar, te voy amar.

Anet, guardaba en el pecho un corazón que pobremente se mantenía latiendo, a su lado. Tenía a Andrés, un joven con el cual recordó lo que esperaba fuesen las entregas. Pero en su mente estaba Harold, por quien estaría dispuesta a pelear la más difíciles de las guerras, por quien sería capaz detenerse y sentarse al borde del camino, viendo cómo se alejaba para ser feliz, dejándola sola y abandonada. Sería feliz sabiendo que él era feliz.

Una cosa era estar enamorada y otra más fuerte, más dolorosa era amar. Llegaron a la casa de la playa, antes de entrar, tomó su teléfono móvil e hizo una llamada telefónica que Andrés no pudo oír. Colgó la llamada, sujetó de un brazo a Andrés y entraron juntos a la casa.

—Nos hemos mantenido en silencio todo el trayecto, pero como te dije, debemos hablar. - Anet abrió la puerta que da a la terraza, tomó la mano de Andrés y comenzaron a caminar por la playa.

Caminaron, como dos amantes, no que se aman, si no que aman lo mismo. Como dos amigos que no quieren herirse, sabiendo que será imposible. Caminaron queriéndose. De forma triste caminaron.

— No sé qué hacer. - Dijo Andrés.

— Yo tampoco. - respondió Anet.

— Él te escogió a ti. - Al decir esto Andrés apretó la mano de Anet.

— Pero debo saber si es por amor o por piedad.

— De ambas formas te está demostrando que te ama. - Con estas palabras Andrés mostraba una madurez que ella desconocía y agregó. -—Por eso me voy Anet, otro mundo, otra vida, un mundo nuevo, una vida nueva.

— Si algo he aprendido a mi edad, es que no hay peor forma de traicionarse uno mismo que renunciar a los sueños. - Anet hablaba tiernamente y con dolor.

— Ya decidió. Eres tú. - Andrés también hablaba tiernamente y con dolor.

— Pero no quiero una relación silenciosa, no quiero observarlo con la mirada perdida y que en sus pensamientos quien esté seas tú.

Andrés se acercó, abrazó a Anet y la besó en la boca. Ella aceptó el beso y luego se separó, comenzaron el camino de regreso a la casa. Lo hicieron en silencio y tomados de la mano. Cuando entraban, se oyó que alguien llamaba a la puerta. Anet se dirigió a abrirla.

— Hola, ¿sucede algo?, ¿para qué me has citado aquí? - Dijo una voz que ambos conocían.

— Te agradezco lo que haces por mí. Pero renunciar a él, sin saber si realmente lo amas, sería egoísta de mi parte. Deben hablar. - Anet caminó hasta el mueble donde había depositado las llaves del auto. Las recogió y cerró la puerta tras ella.

— Hola Andrés.

— Hola Harold.

Anet, mientras conducía por la carretera que bordea la costa de regreso a casa. Por cuarta vez oía "Je vais T'aimer".

45.ANDRÉS. LA HISTORIA.

—**D**ebemos hablar. - Dijo Harold.

—será después, primero debemos hacer algo que no requiere palabras. - Andrés comenzó a desnudarse desabrochando los botones de su camisa. Harold lo imitó.

Anet estacionó el auto en la curva de la colina, donde podía observarse desde lo alto todo el paisaje. A su derecha el mar era devorado por el verde de las palmeras. A su izquierda la serpenteante carretera que llevaba a la ciudad y al puerto, a medida que se alejaba se adelgazaba y desaparecía. Frente a ella el alto risco, abajo las olas chocando con fuerza contra las rocas. Abrió el compartimiento del copiloto, sacó de ahí una caja de cigarros que tenía oculta, tomó un cigarrillo, lo encendió. Salió del auto, caminó al borde del abismo, observó la gran altura que la separaba de las piedras y el mar. Se detuvo y comenzó a fumar. También comenzó a llorar.

Ambos hombres de pie uno frente al otro, solo mantenían puesta su ropa interior. Se veían fijamente, ninguno se atrevía a dar el primer paso. Pero los instintos los traicionaban. Ambos tenían sus falos completamente erectos, pequeñas manchas húmedas en la tela, delataban cuan excitados estaban. Las contracciones involuntarias de los penes queriendo crecer, también eran fácilmente visibles. Se han podido quedar quietos toda la tarde, pero Andrés decidió iniciar el encuentro. Se acercó al belga, lo abrazó fuertemente, un abrazo completo, lo sujetaba alrededor de la cintura y a lo largo de la espalda. Hundió la cara en el cuello y respiró. Harold sujetó con ambas manos la cara de Andrés, se le quedó viendo fijamente y lo besó en la boca. Primero unió sus labios a los de él y cuando sintió que los separaba, le introdujo la lengua. El joven movió la suya y ambas se encontraron. Se rozaban una contra la otra, recorrían el interior, sintiendo la hilera de dientes, la humedad. Harold comenzó a succionarlo, quería probar el sabor de su saliva. Para concentrarse, cerró los ojos e inició una respiración lenta. Andrés que mantenía también los ojos cerrados, los abrió y detalló al hombre frente así. Comenzó a temblar, una sensación nunca antes vivida, quería desmayarse, desmayarse en los brazos de Harold. No solo las lenguas se sentían unas a otras, también los penes erectos se frotaban uno contra el otro. Ambos completamente duros, ambos completamente erectos. Andrés sin dejar de abrazar al belga comenzó a besar su velludo y canoso pecho, se detenía en sus pezones y los lamía, lamía las axilas, el cuello, volvía al pecho y las tetillas. Harold introdujo una mano en el interior de Andrés, tocó sus nalgas y luego con los dedos como soldados caminando en fila, comenzó a abrirse paso en la línea que las separa. Sintió donde se iniciaba el ano, dejó un dedo estacionado ahí y comenzó hacer presión. Andrés descendió, despojó al belga de su ropa interior, vio su enorme pene frente así, lo tomó primero con una mano, luego con la otra. Hizo presión con ambas, lo acercó a su cara, tan cerca que su nariz, rozaba sus vellos, inhalaba el olor que desprendía esa parte del cuerpo y se embriagó. Separó los labios y por primera vez sintió la virilidad de otro hombre en su boca. Descubría porque en el paseo del puerto, los hombres se arrodillaban frente a él y sin decir palabras devoraban su sexo. Creía que no le gustaría ese estado de sumisión, pero estaba equivocado. Su mente jugaba un doble juego, en uno participaba haciendo sentir, en el otro participaba sintiendo. En un principio solo probó el glande hinchado y rosado del belga, para ir paso a paso introduciéndose cada vez un poco más, hasta sentirlo en su garganta. Harold le sujetó la cabeza con ambas manos, moviéndola al ritmo que él quería sentir la garganta del joven, por una extraña coincidencia, era el mismo movimiento que satisfacía a Andrés, cuando sujetaba la cabeza de los hombres. El belga inició un movimiento de caderas, con el cual hacía salir y entrar su pene. La boca de Andrés no acostumbrado a este tipo de placeres comenzaba a cansarse. El belga retiró su falo, con una mano se agarró los testículos y obligó a Andrés a lamérselos. El joven obedecía. Lo sujetó por los brazos y lo puso de pie. Ya frente a él volvió a besarlo. Las lenguas volvían a encontrarse. Se dirigieron a la cama. Ya acostados, el belga, le retiró la ropa interior dejándolo completamente desnudo. Le alzó las piernas y le introdujo la lengua completamente en la profundidad oscura, luego se desvió un poco y lo mordió fuertemente en el interior, justo donde termina las nalgas y comienzan los pliegues del ano. Harold se quedó un rato ahí dilatándolo, sujetó las piernas del joven por los tobillos, las elevó al aire. Ya teniéndolo completamente abierto frente a él, puso la punta de su pene en el orificio de entrada y comenzó hacer presión. Andrés cerró los ojos, un pensamiento vino a visitarlo. "Si quieres vencer, tienes que dejar de ser la presa y convertirte en cazador". Liberó las piernas de las manos de Harold, se separó de él, le dio media vuelta y quedó sobre su espalda. Comenzó a recorrerle la piel, llenándola de besos. Le sujetó las nalgas al belga con ambas manos, se las separó y lo besó en su interior. Colocó su pene en la entrada del orificio y comenzó a ejercer presión. El belga con sus propias manos terminó de separase las nalgas y al sentir la presión del cuerpo de Andrés, lo ayudó. Inició la entrada del pene y luego toda su gruesa longitud. Entró con dificultad, con dolor, con placer. Ambos hacían presión uno contra el otro. Al final, ya estaban completamente habitados, no existía el más mínimo espacio que los separara. El belga jadeaba, Andrés jadeaba. El joven acercó su boca al oído del hombre y le dijo:

— Te amo.

Harold cerró los ojos, escuchó las palabras que no quería oír. Mordió la almohada, arqueó la espalda, elevó los glúteos. Andrés arrodillado en la cama, lo penetraba. Ahora en esa posición. Podía observar toda la espalda del belga, su cara, la expresión de dolor y placer en su boca, en sus ojos, en su respirar. Se separó de él, le dio media vuelta, sujetó las piernas por los tobillos, se las elevó y comenzó a lamerlo de la misma forma como lo habían hecho con él. También desvió la boca y también lo mordió con fuerza, marcándolo, no una sino dos veces. Le introdujo el pene, inició el movimiento. Adentro, afuera, adentro, afuera. Algunas veces lo retiraba completamente, esperaba unos segundos y lo introducía de un solo empellón. El belga sentía un profundo dolor con cada impacto y con cada retirada, pero también sentía un enorme placer. Cerraba los ojos, no quería que sus pensamientos lo traicionasen, imaginaba que le haría lo mismo a Andrés, también le haría morder las almohadas, también lo haría gemir, solo debían terminar ese encuentro, para iniciar el contraataque, la ofensiva. Mientras tanto, disfrutaba, del cuerpo sudoroso, sobre el suyo, de los besos de la otra boca, del pene erecto y grueso dentro de él, que cada vez más rápido y con más furia lo taladraba. Andrés dejó caer las piernas del belga sobre la cama y sin separarse, ni dejar de moverse se acostó sobre él. Lo vio a los ojos. El belga esquivaba la mirada, pero lo obligó a que lo mirase. Los ojos de uno encerrados en la mirada del otro.

— Entiéndelo, te amo. - Le repitió Andrés.

Harold cerró los ojos. "Si quieres vencer, tienes que dejar de ser la presa y convertirte en cazador", volvió a repetirle la voz interior a Andrés. Justo cuando sintió que eyacularía, introdujo su lengua en el oído del belga, moviéndola delicadamente. Cerró los ojos y contó: Uno, dos, tres, cuatro, cinco, seis. Todo su semen dentro del hombre y su cabeza explotando en miles de pedazos, su cuerpo explotando en miles de pedazos y ambos cuerpos temblando en miles de espasmos. Los cuerpos sudorosos quedaron adheridos. Harold acercó su boca al oído de Andrés y le dijo.

—Ahora te tocará sentir a ti lo mismo.

Andrés no respondió, no había necesidad de ello. Ya una vez habiéndolo marcado, se dejaría también marcar él.

46. ANDRÉS. LA HISTORIA.

Andrés, le acariciaba el pecho, comenzó a descender y llegó hasta el sexo de Harold, lo sujetó con una mano y se lo llevó a la boca. El belga hizo lo mismo con el del joven, ambos se saboreaban sus penes mutuamente.

Cada uno trataba de disfrutarse al máximo, sin prisas, intentando prolongar ese primogénito encuentro que en algún momento llegaría a su final y estaba condenado a ser el único. Andrés inexperto, lo recorría con los labios, con la lengua, lo besaba, lo succionaba, lo olía. El belga por su parte, lo introducía en su boca lentamente hasta llevarlo hasta el fondo de sí, luego lo retiraba y volvía a probarlo, siempre hasta el final, siempre hasta lo más profundo. Andrés varias veces sintió que no podría aguantar contenerse, sin embargo, su deseo de parar el tiempo, lo ayudaba a no acabar. Harold experto como era, aprisionó con los muslos la cara de Andrés, le introdujo su miembro todo lo posible, tanto que sintió quedar aprisionado en la garganta del joven. Le sujetó la cabeza con una mano, para evitar que se retirase, con la otra mano le introdujo un dedo en el ano. También devoró completamente el pene de Andrés.

Andrés no tuvo tiempo ni de pensar, partes diferentes de su cuerpo estaban sintiendo placer al mismo tiempo y estas sensaciones chocaban unas contra otras en su cerebro, como trenes descontrolados que arrasan con todo a su paso. Explotó dentro de la boca del belga. Aun siendo su segundo orgasmo de la noche, arrojó una gran cantidad de semen que Harold retuvo. Acercó la otra boca y la beso. haciéndolo que probara su propio líquido. Ambos tragaron. Luego lo colocó sobre sí. Andrés sintió un dolor intenso cuando intentaban penetrarlo. Viendo que sería imposible no causarle daño, el belga, decidió dilatarlo y lubricarlo con su lengua. Andrés se retorcía de placer. Nuevamente Harold colocaba la punta del pene en el ano de su amante y lo empujaba lentamente. Haciéndolo entrar poco a poco, y poco a poco la piel iba cediendo, a veces desgarrándose. El belga desvirgaba a Andrés y lo disfrutaba, no solo sintiendo como derrumbaba paredes en su interior, también por la expresión de su cara, por las palabras que de seguro quería pronunciar, pero los quejidos casi inaudibles lo impedían. Cambió de posición. El joven acostado boca arriba soportaba todo el peso del otro cuerpo. Harold respiró al oido de Andrés y este acompasó su respiración. Ambos evitaron, gemir o jadear, mantuvieron absoluto silencio, se concentraron en sentir como entraba y salía el aire de sus pulmones. Se concentraron en sentir como entraba y salía el duro y largo pene. Se concentraron en sentir los latidos de sus corazones. Harold se derramó dentro del joven, quedando abrazados. Luego de esa entrega, Andrés esperaba oír dos palabras, el belga no las pronunció, Anet había ganado.

47. ANDRÉS. LA HISTORIA.

Ambos hombres completamente desnudos, yacían en la cama. Harold acariciaba el pelo del joven mientras fijaba su mirada en el techo, quería decir algo, pero evitaba hacerlo. Andrés lo veía con ternura, esperando oír solo dos palabras, las dos palabras que el belga se había prohibido pronunciar. El ruido de una llamada al celular los sacó del letargo. Harold tomó su teléfono y leyó en la pantalla, era Anet.

— Sí. - Contestó el belga.

Una voz masculina contestó del otro lado. Harold se puso de pie y comenzó a vestirse rápido y nerviosamente.

— ¿Qué sucede? - Preguntó Andrés.

— Anet ha tenido un accidente. Está grave, la están llevando al hospital.

Andrés comenzó a vestirse rápidamente, pero no fue tan rápido. Harold subió al auto y marchó a gran velocidad, dejándolo solo en la casa de la playa.

Harold llegó al Hospital Central, he inmediatamente le informaron la situación. Anet estaba gravemente herida y la mantenían en coma inducido. El accidente ocurrió en la carretera de la playa, una roca cayó desde la montaña a plena vía y un camión que trasportaba mercancía evitando chocar con ella, hizo una fallida maniobra que lo llevo a estrellarse contra el auto de Anet. Poco a poco se fue concentrando la manada, los primeros en llegar fueron Luigi acompañado de Dimitri, Javier y su esposa. Emily y Jork arribaron casi al mismo tiempo. Todos conversaban en el área general. Andrés tuvo que sortear una serie de obstáculos, para poder llegar al hospital y, aun así, cansado, hizo acto de presencia. Notó a toda la manada y trató de acercarse a ellos, pero Harold que ya lo había visto fue hasta su encuentro.

— ¿Cómo está Anet? – Preguntó Andrés.

Harold le respondió con otra pregunta.

— ¿Tú qué haces aquí?

— Quería estar a tu lado, pensé que necesitabas compañía.

— La compañía que necesito ya la tengo y creo que es mejor que no estés aquí.

Andrés entendió que lugar ocupaba en la vida de Harold. Dio media vuelta, bajó la cabeza y se marchó. Dimitri se separó del grupo y lo alcanzó en las escaleras.

— Debes entenderlo, se siente culpable de lo que le sucedió a su esposa.

— Yo también me siento culpable y aun así estoy aquí. - Andrés quería llorar, pero lo habían humillado y no se humillaría el mismo frente a otros. Así que no lo hizo.

— Si aceptas un consejo, aléjate. Nunca permitirán que formes parte del clan. Eres la pieza que desestabiliza ese delicado equilibrio que los mantiene unidos. Vive tu duelo, cúrate, transfórmate, vuélvete fuerte y solo en eso momento, si aún lo quieres, regresa. Eso fue lo que hice yo.

Andrés no respondió, Al llegar a la puerta del hospital, se despidió de Dimitri con un apretón de mano. Cuando sintió que estaba completamente solo, comenzó a llorar. Lloró todo el camino.

Lloró todos los días y todas las noches. Vivía un duelo, una pérdida, la primera de ese tipo en su vida.

Llegó el día de la partida, Andrés se despidió de su familia, tomó un taxi que lo llevó al aeropuerto.

Luigi llegó al hospital para acompañar a su amigo. Le recordó, que a esa hora ya Andrés debia ir rumbo al aeropuerto.

Harold después del encuentro y lo sucedido en el hospital, todas las noches comenzó a pensar en Andrés. Pretendía dejarlo ir, pero a último momento pensó que era la peor decisión que tomaría en su vida. Anet, seguía en el hospital, pero estaba fuera de peligro y se recuperaba rápidamente. El belga, se dejó llevar por los sentimientos y no por la razón. Dejó a Luigi, acompañando a Anet. Subió al auto y condujo rumbo al aeropuerto. Si manejaba de prisa quizás podría alcanzarlo. Estacionó el auto en un área no permitida del estacionamiento y corrió hasta la zona de embarque. A veces unos pocos minutos pueden cambiar el destino de una vida. Harold llegó, justo a tiempo, para verlo pasar las puertas de emigración. Vio la espalda de Andrés, si lo hubiese visto de frente, lo habría visto llorar. Vio como se alejaba."Es mejor así, nuestros caminos se deben separar", se dijo mientras daba media vuelta y regresaba al auto.

A veces las personas más importantes de nuestras vidas las encontramos en los sitios menos indicados. Andrés deambulaba por el aeropuerto, luego de unas horas se dirigió al baño. Notó que un hombre se colocaba a su lado y comenzaba a orinar también. Algo buscaba, la fila de urinarios, casi diez, se encontraban todos vacíos y justo tuvo que escoger el que estaba al lado suyo. No pasó mucho tiempo para entender la situación. El desconocido, sin recato alguno le vio el pene y sonriéndole le dijo.

— Buen paquete.

El hombre volvió a sonreírle y se marchó. Andrés quedó solo en el baño. "Que tan fácil resulta todo", pensó. Pasaron las horas y llegó el momento de abordar el avión. Andrés se sentó en el asiento que da al pasillo. "Creo que es mi día de suerte" oyó que le dijo una voz, alzó la vista. Era el desconocido que se había encontrado en el baño.

— Si me das un permiso, me toca el asiento de la ventana.

Andrés se puso de pie. Notó que el hombre era un poco más alto que él. Ambos se sentaron.

— Bueno son casi cuatro horas hasta la ciudad de México, ahí nos separaremos, pero será tiempo suficiente para conocernos. Disculpa el comentario del baño, solo que te he visto muy triste y quise con esa broma alegrarte el día. Aunque en serio tienes muy buen paquete. ¿Emigras por la situación país?

El hombre no dejaba de hablar. Andrés lo oía más por respeto que por gusto.

— No, me he ganado una beca y me voy a estudiar. - Respondió.

— ¿Es tu primer viaje? - Preguntó el desconocido.

— Sí.

— ¿Tu primer vuelo en avión?

— Sí. - Respondió Andrés con toda franqueza.

— Entonces cambiemos de puesto, de seguro disfrutarás el viaje si puedes ver por la ventana.

— No es necesario.

— Insisto, tu primer viaje en avión y no poder ver por la ventana es muy triste. Además, cuando sobrevueles la ciudad de México será casi medianoche y te puedo asegurar que te impresionará la cantidad de luces que se ven. Vamos cambiemos de puesto, yo este viaje ya lo he hecho antes y lo conozco.

Andrés se puso de pie e intercambiaron asientos.

— Debes de tener cuidado, el DF es muy grande.

— No voy al Distrito Federal, solo llegare ahí y abordaré el avión que va a la ciudad de Mérida. - Respondió Andrés.

— Que casualidad, yo también voy a la ciudad de Mérida. Viviré ahí un par de años. Tengo un nuevo proyecto con una película.

Por cierto, no nos hemos presentado. ¿Cuál es tu nombre?

— Andrés.

El desconocido estiró la mano, sujetó la de Andrés y le dijo.

— El mío Ladislao, espero seamos amigos.

Las historias comienzan en cualquier esquina, en cualquier aeropuerto, en cualquier baño. Pueden que sean malas historias, pero también pueden que sean buenas historias. Simplemente debemos arriesgarnos a vivirlas. Descubriremos que hay personas que llegan a nuestras vidas para herir, pero también hay personas que llegan a nuestras vidas para sanar.

FIN

HAROLD.

Su Inicio

Decidió voltear de nuevo la mirada antes de abandonar el aeropuerto y no encontró lo que buscaba. Contuvo el impulso de dirigirse a la oficina de atención al público, inventar cualquier excusa y hacer volver a Andrés. "Lo mejor siempre es lo que sucede". Pensó. Salió de la zona aclimatada dentro del edificio principal y soportando el calor de la costa, caminó por el amplio estacionamiento hasta llegar a su auto. Al apretar el botón del control remoto para abrir la puerta, sintió un fuerte dolor en el pecho. Temió lo peor. Quizás estuviese a punto de sufrir un infarto. Recordó mentalmente todos los posibles síntomas y notó que no poseía ningún otro, excepto el persistente dolor ahí, donde el corazón a veces vive, ahí, donde el corazón a veces muere. Se sentó en el asiento del conductor, apoyó la cabeza sobre el volante y comenzó a llorar. A llorar lastimera e incontrolablemente. "Mi nombre es Andrés, no muchacho", su recuerdo lo llevó a ese momento y en su cabeza oía la voz del joven del puerto. Recordó la primera vez que lo vio. Pasó caminando frente a su oficina cuando terminaba su turno de trabajo y se dirigió a la ducha de los obreros. Lo siguió, esperó un tiempo prudencial y entró. Varios hombres se duchaban en ese momento. El que más llamaba la atención era Juan, el mulato de la costa. No solo por su porte, también por su conducta. Normalmente se tardaba más que los otros hombres. Siempre andaba en una actitud de búsqueda silenciosa, acechando y utilizando su enorme pene medio erecto como carnada. Sería un buen espécimen para la manada.

Le proporcionaría buenos momentos, a todos aquellos que disfrutarán de los placeres pasivos. ¿Quién sabe si también, podría desempeñar otro rol? De lo que estaba seguro es que era poco comedido y nada confiable. Por eso lo desechó de antemano. Discretamente se fijó nuevamente en el grupo y logró ver a Andrés de espalda, completamente desnudo mientras se bañaba. Un pelo negro ensortijado, una espalda ancha, nalgas pequeñas, duras y firmes. En ese momento, solo representaba un cuerpo apetecible, un capricho, casi un juguete que se quiere tener y con el cual uno se divierte solo unos pocos días, para después, dejarlo tirado en cualquier rincón. Un juguete que, contra todo pronóstico, hizo tambalear su mundo y hoy llorando, lo obligaba pensar, si dejarlo ir, no fue la peor decisión de su vida.

Después de haber llorado y ya algo más calmado, encendió el auto y tomó la ruta de la autopista que lleva a la ciudad. Anet estaría nerviosa si despertaba y se encontrara sola en la habitación fría del hospital. Una repentina fuerte lluvia, obligó a los conductores a disminuir la velocidad. El limpiaparabrisas se esforzaba en mantener la visibilidad. Harold se concentró en la vía, otra parte de su cerebro, llegó a un sitio muy lejos de donde estaba y una época muy distante a la actual. No había llegado a la mayoría de edad, pero ya tenía en su haber, la pérdida de la virginidad de algunas chicas, los favores de algunas divorciadas y la culpa de los cuernos de algunos maridos. Sus padres cumplían con el ritual anual de las vacaciones en la zona de los lagos de L´Eau d´Heure a veinticinco kilómetros al sur de Charleroi. Habían alquilado un Bungalow en Falemprise. Donde se reunirían los tíos y sus primos, una tarde en la que todos habían decidido ir a pescar, él prefirió salir a caminar. Se introdujo en el bosque, caminó por horas. Llegó a un claro donde se encontraba una pequeña cabaña de madera. Más que un hogar, parecía una atracción turística, por lo pintoresco y bien cuidado de su diseño. Un hombre se desnudaba en un extremo del jardín y tomaba un baño, con agua que sacaba de un barril. Escondiéndose tras unos árboles comenzó a espiarlo. Era un hombre corpulento, completamente cubierto de vellos, una poblada barba. El extraño, descubrió su presencia, descubrió que lo espiaba, comenzó a secarse con una toalla que descolgó de una rama cerca de sí. Harold lo veía desde lejos. Dentro de su ropa, sintió como su pene se erguía. Comenzó a sudar, tanto sus piernas como sus manos temblaban. El hombre volteó rápidamente, dirigió la mirada hacia donde se encontraba y le hizo una seña para que se acercara. Se sintió descubierto. Sus pensamientos lo asustaron. Comenzó a correr hasta el Bungalow. No pudo dormir. Al día siguiente todos volvieron a ir de pesca, él decidió caminar de nuevo y de nuevo llegó hasta la cabaña. Tocó la puerta. El mismo hombre que el día anterior se duchaba, esta vez lo recibía.

— Hola, ¿en qué puedo ayudarte?

— Creo que me he perdido y tengo sed. – Respondió Harold.

— Tu cara me es conocida. No eras el chico que me espiaba ayer escondido tras los árboles.

— Sí. – Respondió de nuevo Harold, pero esta vez avergonzado.

— Pasa. Te daré lo que buscas.

—¿Qué edad tienes? - Preguntó el hombre.

—Veintiuno. - Respondió Harold agregándose unos años de más y mintiendo.

—Desvístete a prisa, no tenemos mucho tiempo. No falta mucho para que lleguen los otros guardabosques y no quiero que nos descubran.

Harold sintió un temor que se aproximaba al miedo. Entendía lo que estaba próximo a suceder, pero inexperto como era, no sabía cómo actuar. Decidió cumplir la orden y se desnudó. El extraño hizo lo mismo, buscó en su cartera un preservativo que tenía guardado, lo abrió e iba a comenzar a colocárselo, cuando Harold se lo quitó de las manos y le dijo que prefería usarlo él.

—Por mí no hay problema. – Dijo el hombre. Mientras le daba la espalda y apoyándose con las manos en el arco de la ventana, abría las piernas.

Harold se colocó tras él y después de colocarse el preservativo, a tientas dirigía su pene al ano del desconocido. No lograba introducirlo.

—Solo colócalo en la entrada. Yo hare el resto.

Harold volvió a obedecer. El hombre aspiró profundamente y comenzó hacer presión tratando que el erguido miembro entrara. Poco a poco lo conseguía. Cuando sintió que una pequeña parte ya estaba en su interior, se detuvo, esperó dilatar un poco, aspiró profundamente de nuevo y renovó la presión. Sintió de nuevo dolor, pero no se detuvo. Harold iniciaba el rítmico movimiento, sujetando al hombre por las caderas. Este no quería ser encontrado en esa situación y además de complacer al joven, también oteaba el bosque a través del cristal de la ventana. Quizás fue a causa del placer, quizás por el nerviosismo de la situación, dejó de vigilar y se distrajo. A los pocos minutos logró ver que sus compañeros, ya estaban cerca de la cabaña. De seguro lo descubrirían.

2. HAROLD.

Su Inicio.

—¿Tardarás mucho en acabar?

—No lo sé. – Respondió Harold.

—Mejor lo dejamos para otro día, están llegando los otros guardabosques.

El hombre se separó, acomodó rápidamente su ropa. Harold también se vistió aprisa.

—Sal por esta puerta. Espera un rato tras los arbustos y luego recobra el camino.

Harold hizo lo que se le ordenaba. Abandonó la casa justo a tiempo, para no ser descubierto. Los hombres inmediatamente entraron a la cabaña por la puerta principal.

—Mira quien ha venido a visitarnos. – Dijo Lian. Un hombre de veinticinco años, extremadamente delgado, de aproximadamente un metro ochenta de estatura, una piel blanca cubierta por innumerables tatuajes que representaban tanto a peces Kobe como geishas y guerreros samurais, ojos grises y una larga cabellera, sujeta en una cola. Al decir esto dejó que pasara el visitante.

—Hola Hugo. - Saludó el visitante, dándole un fuerte abrazo.

—Hola Lucas. - Respondió el guardabosque, alegrándose en gran medida por la visita. —¿Cuándo has llegado?

—Hace tres días y como siempre, pasaré dos semanas en los

bungalows destinados a los turistas. Pero siempre que pueda, me escaparé para pasar un rato con ustedes.

Lian se percató de un movimiento en el camino y afinó la vista para distinguir de que se trataba.

—Creo que tenemos visita. – Dijo Lian.

Los otros dos hombres se acercaron a la ventana y lograron ver cuando Harold se alejaba dándoles la espalda.

—¿Ha estado aquí en la cabaña contigo? – Le preguntó Lian a Hugo.

—¿De dónde has sacado esa idea? – Respondió con una pregunta Hugo a su compañero de trabajo.

Lian simplemente apuntó al piso y señaló el preservativo usado que se hallaba en el suelo.

—Creo que me has descubierto. – Contestó Hugo.

Ambos hombres comenzaron a reír. El invitado no lo hizo.

—¿Sabes cómo se llama? – Le preguntó Lucas a Hugo.

—Ni siquiera nos hemos presentado. Pero déjame decirte que destronará a todos los machos que vengan a la cabaña. Cuando lo veas desnudo, sabrás de lo que te hablo. No la ha podido meter completa.

—¿Qué edad tiene? – Preguntó Lucas con ansiedad y nerviosismo.

—Creo que me ha dicho veinte o veintiuno. – Respondió el guardabosque.

—¿Ha venido antes? – Lucas seguía investigando al visitante.

—Ayer. Me espiaba mientras me bañaba. Le hice señas para conocernos, pero decidió irse a toda prisa. Creo que le asustó el que lo descubriera. Pero hoy vino a buscar, lo que de seguro buscará el resto de sus próximas vacaciones en el lago, como lo haces tú. – Hugo le sonreía amistosamente a Lucas mientras hablaba.

—Brindemos con cerveza, por la visita. – Propuso Lian, dirigiéndose al refrigerador y sacando de este, tres Stella Artois en su punto exacto de enfriamiento.

—¿Has venido solo a saludarnos o quieres jugar? – Preguntó Hugo dirigiéndose a Lucas, pero respondió Lían.

—Quiere jugar, me lo ha dicho mientras veníamos en el camino.

—Entonces no perdamos tiempo.

Hugo comenzó a desvestirse. Lo mismo pensaba hacer Lian, pero Lucas, les cambió los planes.

—De pronto me he sentido mal. - Creo que lo dejaremos para otro día.

—Si tú lo dices. – Dijo Lian con cierto desánimo, respondiéndole al visitante.

—Ven mañana temprano. – Propuso Hugo mientras volvía a vestirse.

Luego de un par de cervezas y ponerse al tanto de la vida de cada uno, el visitante se despidió.

En la noche toda la familia prepara la cena al aire libre. Harold se hallaba sentado en el extremo del pequeño muelle que servía de embarcadero en el lago. Sus pies jugaban con el agua. Un hombre se le acercó con una cerveza en la mano y se la ofreció. Él la aceptó.

—¿Cómo has estado? – Le preguntó el hombre.

—Bien tío. - Contestó Harold.

—Has crecido mucho desde la última vez que te vi. ¿Qué edad tienes ya?

—El próximo mes cumpliré los dieciocho años. – Respondió el joven.

—Creo que debemos hablar. Te he visto abandonar la cabaña de los guardabosques. – Lucas hablaba con preocupación, pero amistosamente.

Harold se sintió descubierto por su tío.

Continuara.........